Sentir mon corps brûler

Éditions Eyrolles
61, bd Saint-Germain
75240 Paris Cedex 05
www.editions-eyrolles.com

Collection « Aparté »

Éditrice externe : Frédérique Le Romancer

Depuis 1925, les éditions Eyrolles s'engagent en proposant des livres pour comprendre le monde, transmettre les savoirs et cultiver ses passions !

Pour continuer à accompagner toutes les générations à venir, nous travaillons de manière responsable, dans le respect de l'environnement. Nos imprimeurs sont ainsi choisis avec la plus grande attention, afin que nos ouvrages soient imprimés sur du papier issu de forêts gérées durablement. Nous veillons également à limiter le transport en privilégiant des imprimeurs locaux. Ainsi, 89 % de nos impressions se font en Europe, dont plus de la moitié en France.

ISBN : 978-2-416-00711-8
Composé par Soft Office

Aure Hajar

Sentir mon corps brûler

Roman
EYROLLES

« Les femmes, que ce soit par la force ou par le mépris, sont vouées à la disparition. C'est un fait, partout, tout le temps : les hommes apprennent la mort aux femmes. Du nord au sud, intégriste ou pornographique, c'est une seule et même dictature. N'exister que dans leur regard, et mourir quand ils ferment les yeux. »

Camille Laurens, *Celle que vous croyez*

« Tout le monde le dit, les putains servent à ça, à ce que les jeunes filles ne soient pas violées sur le chemin de l'école, à ce que soit préservée l'innocence des futures épouses, mais ce que tout le monde dit on ne doit pas y prendre garde car c'est la bêtise qui parle, le discours de ceux qui veulent donner le statut des droits à leurs appétits de chacals, rien n'empêchera les hommes de marquer de leur sexe tout ce qui les entoure [...]. »

Nelly Arcan, *Putain*

« Elles disent qu'elles ont appris à compter sur leurs propres forces. Elles disent qu'elles savent ce qu'ensemble elles signifient. Elles disent, que celles qui revendiquent un langage nouveau apprennent d'abord la violence. Elles disent, que celles qui veulent transformer le monde s'emparent avant tout des fusils. Elles disent qu'elles partent de zéro. Elles disent que c'est un monde nouveau qui commence. »

Monique Wittig, *Les Guérillères*

I

1

TAPER fort. Trouver les mots justes pour leur plaire, les rassurer. Pour leur donner ce qu'ils attendent, les laisser me posséder. Taper fort. Distinguer mon offre des centaines d'autres diffusées en ligne, y revenir, l'actualiser, ne pas la laisser sombrer dans l'oubli.

Wannonces.com.

La caverne d'Ali Baba des culbuteurs, des clients, des rapaces dominants. Je devais être précise et discrète en même temps. Assise en tailleur sur mon lit, concentrée, je la rédigeais.

Mon annonce de prostituée.

Dans le milieu, on utilisait le mot *escort*. Un moyen d'affirmer que l'on ne faisait pas le trottoir.

Bien sûr, j'avais d'autres rêves, bien sûr j'espérais une autre histoire. De vagues projets restés vains dont ne subsistent en ma mémoire que les contours flous ; la confrontation au réel les a partiellement dissous. Mais ils ont existé, ces rêves, dans un passé pas si lointain, un passé si proche que l'on pourrait le toucher de la main. Mon euphorie la première fois que mon regard se posa sur la place qui abritait la faculté ; d'abord je ne vis rien – pas un commerce, pas un espace vert, pas même un arbre –, rien qui aurait pu détourner mon attention de l'imposant monument construit en son centre : le Panthéon. Son immense coupole dominait la montagne Sainte-Geneviève, et la devise qui en surplombait les colonnes – Aux grands hommes, la patrie reconnaissante – conduisait l'ensemble des flâneurs à lever le nez au ciel pour s'y projeter : logerait-on un jour aux côtés de ces grands hommes ? L'imagination était la clé ; tout n'était que question de volonté. Si ce jour-là ma folie fit des étincelles, si je me surpris en pleine rue à rire de bonheur, je réfrénai bientôt mes ambitions et mon ardeur : combien de femmes reposaient en ce lieu ?

Ils ne servaient à rien ces rêves pieux, à rien d'autre qu'à fermer les yeux. Retour dans le réel, ancrage dans la vraie vie. Je pivotai sur moi-même et, la lumière dans le dos, je lui fis face, à elle : la faculté de droit. Un rempart de pierres taillées, des inscriptions dorées au-dessus d'une porte cochère, vers laquelle je me dirigeai pour en franchir le seuil. Elle s'ouvrait sur une cour pavée ; je la traversai. Baisser la tête, fixer mes chaussures, poser un pied devant l'autre. Slalomer à travers le vestibule, me glisser entre les jeunes gens, me hâter jusqu'à l'amphi Cornu.

Agathe m'interpella, j'en fus très étonnée. Elle était de ces filles qui se distinguaient par leur tenue – une succession de marques qui m'étaient jusqu'alors inconnues (Zadig&Voltaire, Claudie Pierlot, Courrèges), dont j'apprendrai plus tard que les vêtements ne se lavaient qu'à la main. Un mouvement délicat, empreint de légèreté, et la voilà frôlant de ses doigts mon poignet – cette proximité me raidit le corps, elle m'ouvrit le cœur. Aucun mot ne me vint en tête ; mon esprit court-circuité, incendié. Mais la nécessité de paraître ; j'affichai un sourire décontracté, entrepris de replacer une mèche derrière mon oreille, me ravisai. Dès que j'étais impressionnée, mon naturel s'évaporait. Agathe m'invita à la soirée qu'elle organisait ; elle avait collé des affiches dans le hall, l'ensemble de la promo y était convié. J'éprouvai pourtant l'éphémère joie d'être une privilégiée, accueillie parmi les siens. Mais quand Agathe m'indiqua la date de sa soirée – samedi, dans trois semaines – ma chute n'en fut que plus brutale. Fais pas cette tête, me dit-elle, tu as l'air d'une carpe. J'aurais aimé que ce soit mon seul problème dans la vie : avoir l'air d'une carpe. Or je m'étais engagée ce soir-là à garder des enfants. Agathe ne cacha pas son étonnement, les parents n'avaient qu'à se payer une nounou.

Elle me planta cette phrase dans le cœur, elle me sourit et partit retrouver ses amis. Elle ne se rendait à la fac que pour les voir. Les cours magistraux ne présentaient aucun intérêt à ses yeux, puisque ses parents lui financeraient une prépa intensive avant les examens. Chacune faisait en fonction de ses moyens.

Elle disparut progressivement de mon champ de vision. Pour assister à sa soirée, j'allais trouver une solution – si je décommandais mon baby-sitting, les parents m'en tiendraient-ils rigueur ? Solliciteraient-ils une autre étudiante pour leurs sorties ultérieures ?

J'étais attachée au travail. Pas au fait de besogner mais à ce que cela me permettrait d'obtenir : un salaire. Un avenir. Et ces règles qui rythmaient mon existence, celles des cours avec obligation de présence, s'il m'arrivait de les contourner, ce n'était que par nécessité financière. Jamais encore pour sociabiliser.

La semaine qui suivit, un nouvel événement me rappela à ma condition et me faire des amis devint mon obsession. Je me tenais face à la sortie d'un amphi, le dos bien droit, les épaules en arrière, les doigts repliés sur la clé USB posée au creux de ma main, sur laquelle j'espérais copier les notes que mes camarades avaient prises durant les derniers jours ; je n'avais pu être présente en cours parce que j'avais été hôtesse d'accueil au Mondial de l'automobile, en échange de quelques mauvais plans drague mais d'une rémunération légèrement supérieure au SMIC.

Et j'attendis.

Trois minutes entre les bustes de Portalis et de Cujas, des juristes qui disaient l'histoire des hommes, toujours celle des hommes. Je regardais le plafond voûté, j'entendais le grincement du parquet sous le poids des pas, et puis les discussions des étudiants, des passants, des touristes égarés, trois minutes c'était peu de chose, vraiment peu de temps.

La porte s'ouvrit à la fin du cours; une foule d'étudiants quitta l'amphi. J'agitais mollement la main pour attirer l'attention de quelqu'un; en vain. Le groupe formait une masse qui se fendit en deux pour me contourner et se diriger en bloc vers la cafétéria.

Un jeune homme me bouscula; je manquai de tomber. Pas un mot d'excuse, pas un geste d'amitié. Je tournai la tête pour le lui faire remarquer et je reconnus Agathe qui se tenait à ses côtés, son sac Birkin au bras, ses longs cheveux blonds détachés, son trench beige entrouvert sur une robe blanche parfaitement ajustée, élégante, sans marque apparente. Elle ne me vit même pas. La honte m'étreignit la gorge et les larmes me montèrent aux yeux. Je m'attachai à ne rien laisser paraître. Rester digne, surtout au milieu d'eux.

Dans cette faculté, la destinée de chaque étudiant semblait corrélée à la valeur de ses vêtements. Les membres d'une même caste se reconnaissaient, souvent ils s'appréciaient et partageaient des verres après les cours. Ils pratiquaient l'entre-soi; préservaient leurs acquis. Je ne leur en voulais pas, j'aurais réagi comme eux à leur place. Mais à leur place, je n'y étais pas. L'impression de ne pas venir du bon endroit.

C'est dans ces moments-là que naît l'espoir. Pas la rancœur, non : l'espoir. Quand on se fait une promesse à soi-même, que l'on s'engage à fuir le présent. J'aspirais à gagner ma vie rapidement afin de consacrer mon temps à ce que l'on me voie. Ce désir d'exister ne me quitta pas.

Je pris les devants. C'était la nuit. Je m'en souviens. À plat dos sous les draps, je détaillais de mes doigts ces côtes flottantes, ces hanches désarticulées, ces genoux écorchés, ce corps qui me paraissait étranger. Pourquoi ne me voyait-on pas ? Dans une grande inspiration, je me redressai et tendis le bras vers le sol, pour saisir l'ordinateur portable posé à côté du paquet de chips éventré qui m'avait servi de dîner. J'étais capable de trouver une solution. Investie d'une mission dont j'ignorais le nom, les jambes allongées sur mon lit, mon *Asus Eee PC* sur les genoux, je cherchai sur Google le moyen le plus simple de gagner de l'argent. Juste un boulot qui me laisse du temps.

L'angoisse qui comprimait mon estomac grandit au fil de mes recherches : mes mains devinrent moites, ma gorge se fit sèche. Le trafic de drogue, beaucoup trop risqué, m'aurait fait plonger dans l'illégalité. La vente de culottes sales présentait une alternative intéressante, mais les revenus générés par ce commerce étaient trop aléatoires. Ne restaient que les postes peu qualifiés, les moins rémunérés, ou la prostitution.

Après ce qui m'avait traversée,
rien ne pouvait plus m'humilier.

Je *choisis* la prostitution.

Je n'appelle pas cela du courage,
mais je conçois qu'aux yeux de certains,
cela puisse y ressembler.

Jeune femme en acier blindé.

Pour me documenter, je surfai sur Internet pendant près d'une semaine et je lus tout ce que je pus, me laissai porter d'une page à l'autre, d'un site à l'autre, d'un monde à l'autre, je recueillis des informations sur cette activité qui ne me parut pas, *sur le moment*, plus difficile qu'une autre.

Et lorsque j'atterris sur la putosphère,

Lorsque je découvris ce forum de discussion regroupant des putes de carrière,

Je décidai de m'y établir.

C'est à dessein que j'emploie le terme *pute*, que plusieurs préféraient à ceux d'*escort* et de prostituée – un participe passé, toujours accordé au féminin. Ma mère, elle, aurait dit *kahba*, avec un *h* qui vient du fond de la gorge pour cracher son mépris au visage.

Il régnait dans la putosphère une atmosphère difficile à retranscrire ici, savoureux mélange d'amitiés sincères, de relations entre filles et mères, de réflexions de femmes austères ou cabossées par la vie – certaines partageaient leur savoir-faire, aussi. On s'y heurtait parfois à une rudesse sans doute involontaire, issue de la résilience, de la combativité – c'était du moins ce que je me figurais. Quelques putes disaient qu'elles avaient appris à compter sur leur communauté de sœurs, bien plus que sur les clients qui les rétribuaient, lesquels se prétendaient rois alors qu'elles seules dominaient. Elles affirmaient que certains négociaient le port du préservatif; à ceux-là Grisélidis_R répondait qu'elle ne craignait pas de transmettre sa syphilis. Et quand ils insistaient S'il te plaît, une fellation nature, elle leur rappelait que ce mal se transmettait aussi par rapport bucco-génital. Elles demandaient comment s'attirer une clientèle de qualité – ou, du moins, composée d'hommes au niveau de vie aisé – et Butchette leur conseillait de rédiger leur annonce dans les termes les plus snobs qui soient. Je mis des semaines à m'apercevoir que ces mots, ces échanges bienveillants, entre des femmes expertes ou débutantes, leurs flux de paroles maîtrisés ou hésitants constituaient bien plus qu'un forum. Une communauté de femmes. Avec pour lien principal : la haine de leurs clients.

Tandis que je m'intéressais à l'existence des putes et que je m'immisçais dans leur quotidien virtuel, je traversai un moment de flottement, de temps en suspens. Vingt-quatre ou quarante-huit heures seulement, durant lesquelles je doutai nerveusement.

Et puis.

Et puis ce matin-là, je me décidai. Il faisait encore sombre, la pluie tombait contre la tôle de la gouttière. J'enfilai mon tee-shirt à l'envers, maladroite comme une enfant, néanmoins déterminée à me faire proie. Le visage tendu, les lèvres serrées, les sourcils froncés, je m'installai dans mon lit pour rédiger l'argumentaire qui retiendrait l'attention du plus grand nombre. *Étudiante 18 ans cherche homme courtois pour nuit de standing.* Sitôt le texte publié, un soupir de découragement m'enfonça la tête dans l'oreiller ; je me trouvais peu crédible et prétentieuse, parce que les termes que j'avais employés pour me désigner – superbe et BCBG – relevaient du mensonge éhonté. J'étais semble-t-il la seule à m'en apercevoir : en quelques heures à peine, des réponses me furent adressées par centaines. Eric_du_27 écrivait proprement, fit l'effort de se présenter. Étais-je censée lui envoyer un message personnalisé ? Sans doute pas ; il reçut un copier-coller de ma réponse type.

Cher Éric,

Je vous remercie de votre courriel. J'aurais plaisir à vous rencontrer dans Paris intra-muros, à votre convenance, chez vous ou à l'hôtel.

Afin que nous passions ensemble un agréable moment, je vous précise dès à présent que je refuse le sado-maso, la sodo, l'uro et la scato. Mon tarif est de 1 000 euros pour une nuit ou de 200 euros de l'heure (remis en liquide et en début de rencontre).

N'hésitez pas à me communiquer votre numéro de téléphone. Nos échanges en seraient fluidifiés.

À très bientôt,

Fleur

Fleur serait mon pseudonyme. Il faut protéger ta vie privée, m'avaient dit les autres femmes, ou les hommes ne t'épargneront rien. L'option appel masqué de mon téléphone me permit de communiquer avec Éric de vive voix; nous prîmes rendez-vous pour le soir même. Après que nous eûmes raccroché, la peur me transperça le corps et mon cœur, sous l'effet de l'adrénaline, bondit hors de ma poitrine pour s'éclater contre un mur. Les visions se succédèrent, mélange d'appréhension et de brutalité. Des coups de poing dans la gueule à m'en décrocher la mâchoire. Les morceaux de mon corps déchiqueté, regroupés dans un sac-poubelle. Éric, nettoyant des taches de sang à l'eau de Javel, ou se débarrassant des sacs dans la Seine. J'eus l'idée de lui poser un lapin. Je l'envisageai sérieusement mais à supposer qu'il soit honnête, passer à côté de mille euros me contrariait. Cette somme me permettrait de payer un loyer et de m'acheter à manger, de quoi travailler moins et passer plus de temps à la faculté. Avec deux rendez-vous mensuels, je pourrais en plus m'acheter des vêtements de marque. Les gens m'apprécieraient à ma juste valeur. Toujours la même. Elle n'a jamais changé.

Était-ce à cela que tout tenait? Au désir d'être regardée? Je me déplaçai face au miroir qui surplombait le lavabo, observai quelques minutes mon reflet; dissociée. Qui était cette petite brune aux joues rosées ? À qui appartenaient ces grands yeux tristes qui me fixaient ? Et cette grisaille dans le regard qui s'acharnait à me provoquer ? Étais-je capable de plaire ou me trouverait-on négligée ? Oh non, ne pas se poser ces questions-là. Je m'efforçai de faire taire cette voix, de ne pas penser à cela, de conserver intacte l'illusion de l'estime de soi. Je ne réfléchis pas non plus à la manière dont j'allais m'habiller : je gardai la robe noire que je portais, retirai mes sous-vêtements qui ne me parurent pas suffisamment apprêtés. Et au moment où je sortis de chez moi, à ce moment où il devint trop tard pour renoncer, je glissai dans mon sac une boîte de préservatifs, une bombe lacrymo, ainsi qu'un gros couteau. Plus j'approchais du lieu de rendez-vous et plus je transpirais. Je dissimulai ma peur, l'accélération des battements de mon cœur, et priai intérieurement dans un dialecte franco-arabe.

Une prière d'athée.

Bismillah irahman irahim

Mille euros en une nuit, c'est énorme !

Que ton nom soit sanctifié

Je ne connais rien de cet homme

Rahman irahim

Je me mets à l'abri du besoin

Que ta volonté soit faite sur la terre comme au ciel

Il va me séquestrer, c'est certain

Iyaka nabudu u iyaka nastain

Ou me découper en morceaux

Pardonne-nous nos offenses comme nous pardonnons aussi à ceux qui nous ont offensés

Me balafrer le visage

Sirat alladhina anamta alayhim ghayri almaghdubi alayhim u laddallin

Tiens, un vieux me dévisage

Car c'est à toi qu'appartiennent le règne, la puissance et la gloire pour les siècles des siècles

Éric ? Enchantée ! Moi c'est Fleur !

Amen.

Je l'aperçus dans l'entrée de l'hôtel que je trouvai ridiculement solennelle, avec son grand lustre, ses dorures rococo, sa moquette rouge et ses estampes gravées aux murs. Éric avait le ventre rond, un double menton, le visage ridé. Dans l'ascenseur, il pelota mes fesses de ses mains poilues, oubliés la politesse, les Bonjour, ça va ?, les demandes de permission. Il me fit pitié ; je lui souris. Je lui dis que je me prostituais pour la première fois. Les putes m'avaient incitée à le faire, elles affirmaient qu'être le premier client rendait les hommes fiers, heureux, conquérants. Je me foutais de la fierté des clients. Je voulais juste qu'Éric le sache et qu'il se montre indulgent.

Mais Éric ne m'écouta pas. Il me dévisagea et me dit Ça ne te dérange pas que l'on se tutoie ?

Je le trouvai idiot. Je découvris plus tard qu'aux yeux de la plupart des gens, une pute ne pouvait être que pute. Condamnée à offrir son corps au tout-venant, elle n'était pas censée débuter, s'inquiéter, se projeter, exercer d'autres activités ou nouer des amitiés. De sa main droite, il attrapa mon bras et me tira fort jusque dans la chambre qu'il avait réservée. Il referma la porte derrière nous, je ressentis une brève détresse, tout mon corps dissout. Des acouphènes dans les oreilles. Et le regard flou. Cinq secondes à peine, vraiment rien du tout. Il me porta sur le lit comme s'il avait voulu ne pas me réveiller. Puis il me regarda, longuement. Nous demeurions immobiles, côte à côte. Allongés. Deux ados coincés.

— Tu es très jolie. Je ne comprends pas. Qu'est-ce qui t'a conduite à.

— À me prostituer ?

— À vouloir faire des *rencontres* ?

Je rêvais un instant ; je m'accordais ce droit. Mon activité d'*escort* était une couverture. Missionnée par la DGSE, je rédigeais un rapport au sujet de cet homme, dans le but de mettre un terme aux conflits internationaux.

— Eh bien cette démarche, qui reste pour moi très occasionnelle, me permet de faire la connaissance d'individus que je n'aurais jamais rencontrés autrement. C'est très *enrichissant*.

Éric ne chercha pas à en savoir davantage. Il me parla de lui, de sa femme Sophie, de leurs enfants aussi. Un peu plus d'une heure, je crois, jusqu'à ce que je prenne sur moi. Je m'avançai vers lui en me déshabillant, il m'embrassa le sexe en relevant mes cuisses sur mon ventre.

La machine était lancée.

2

L'AUTOMNE s'écoula ; une partie de ma jeunesse se dilapida. C'était quasi imperceptible, un sentiment diffus de spleen, une douleur à la poitrine et le cœur qui battait là, presque sur l'estomac, dans cette plaie béante que je refusais de voir et de laisser voir. Des individus payaient des montants variables pour passer du temps avec moi, la fille normale, qui se rêvait sociable. Et rapidement, en quelques semaines seulement, car c'est ainsi que se forment les habitudes, je mis en place une routine qui structura ma vie. Elle constitua mon principal repère et mon référentiel le plus stable, plus stable que ne l'étaient mes cours, ma famille, mes nouveaux amis. Je fréquentais la putosphère sans restriction, en quête de conseils ou bien d'informations, mais les rencontres avec les clients ne se déroulaient que le mercredi soir. Chaque jour, je ne consacrais qu'une heure et demie au traitement des courriels reçus, réponses incluses.

L'on m'adressa parfois des messages que je ne comprenais pas : Et pratiquez-vous l'anal ? Le CIM peut-être ? Le COB ? Rien de tout cela ? Mais à quoi servez-vous donc ?

Face à ces invectives reçues par écran interposé, ma nuque se crispait. J'éprouvais la pénible impression de n'être qu'une chose au service d'inconnus, d'hommes qui réclamaient leur dû, alors que je ne leur devais rien.

Les filles m'apprirent qu'il existait un jargon de clients, de couillons, de bitards, que CIM signifiait *cum in mouth*, que ces hommes employaient cette expression lorsqu'ils souhaitaient éjaculer dans la bouche d'une femme. Elles me dirent que COB signifiait *cum on breast*, que cela traduisait la volonté d'un client d'éjaculer sur la poitrine d'une femme. J'écarquillai les yeux en découvrant la signification de ces acronymes, en découvrant l'existence même de ces sigles, de ces signes, de ces mots qui disaient le pouvoir du puissant mâle alpha. Rien qu'en m'imaginant le rencontrer, je me sentis en danger.

Grisélidis_R m'expliqua que seuls les *punters* usaient de ces expressions. Qu'ils collectionnaient les *escorts* comme on collectionne les timbres, puis les évaluaient publiquement en ligne. Elle me dit de fuir ces hommes. Que la mer était pleine de poissons. Que j'en trouverais d'autres. Elle avait raison.

Les prétendants se pressaient dans la messagerie de Fleur. Ils écrivaient mal le plus souvent, me tutoyaient, utilisaient des abréviations (Cc je suis un h50 pour Coucou, je suis un homme âgé de 50 ans). Malgré le recul dont je dispose aujourd'hui, je ne saurais dire si cela était intentionnel ou non, s'ils ne savaient pas écrire ou si une pute ne méritait pas de meilleure attention à leurs yeux. J'évitais les illettrés, les mythomanes et les vantards, ceux qui s'autoqualifiaient de Bien membrés ou de BG – acronyme de *Beau Gosse* ; eux, je les trouvais bêtes. Mais lorsqu'un homme s'exprimait de manière normale et courtoise, lorsqu'il savait écrire et construire des phrases, j'accédais généralement à ses demandes, quitte à réduire le prix de ma prestation s'il en formulait le vœu. Après ma première *rencontre*, aucun homme n'envisagea plus de me rétribuer mille euros pour une nuit. Car le client, le plus souvent, marchande le prix. Alors on s'adapte. On commet des erreurs, surtout au début, des erreurs de sélection. Puis de nouvelles erreurs, plus grandes à mesure que diminue l'estime de soi. Des erreurs qui me poussèrent à me brader, à passer une nuit entière pour six cents euros, avec :

Ce connard de Mondial Moquette.

Comme il ne souhaita pas s'éterniser au restaurant, il me demanda de le retrouver dans sa chambre d'hôtel, directement. Je me déplaçais, automate, à travers le bâtiment, avec le sentiment d'être en terrain miné. Mes yeux faisaient de rapides mouvements de gauche à droite, mes dents pinçaient ma lèvre inférieure, mes doigts griffaient le voile noir de mes collants. Je mis des années à comprendre pourquoi je ne rebroussai pas chemin. Pourquoi j'éprouvai le besoin de ne pas décevoir ce type dont je ne savais rien ; j'avais été conditionnée à servir les hommes avant d'en arriver là.

Je frappai à la porte ; il m'accueillit nu. Il passa outre mes hésitations, mes craintes, mes réflexions. Inutile de chercher à me plaire, inutiles toutes ces conversations, ces phases de pseudo-séduction. Nous nous faisions face, je demeurais impassible et silencieuse, ne sachant quoi dire, quoi faire, partir ou sourire. J'éprouvai une légère peur. Je m'efforçai de l'étouffer, cette peur, mais comment masquer un physique d'adolescente blessée ?

Mondial Moquette m'invita à entrer. Je fis deux pas en sa direction et la porte claqua dans mon dos. Je le vis de près. Ancrée dans ma mémoire, sa pilosité : aucune démarcation entre les poils de ses cuisses, de son pubis, de son ventre, de son torse, de sa barbe. Il me dégoûtait ; pourtant je restai. D'un geste concentré je retirai mon manteau, puis je déboutonnai le haut de ma robe. Je lui jetai un regard de biais que je maîtrisais bien, que je reproduisais à l'infini pour satisfaire les ego masculins.

Quand il me toucha, des sons sortirent de ma bouche en service commandé. Puis je m'endormis. Il me réveilla en frottant ses poils contre mes fesses pour recommencer. Au début, cela ne me dérangeait pas ; il me payait pour *ça*. C'était précisément ce qui l'excitait : pas ma personne en tant que telle, mais le fait que je sois disponible pour qu'il me baise autant que possible, toute la nuit, et rentabilise sa dépense. Que vit-il de ma personne à travers ma façon de me comporter ? Un pantin désarticulé.

Je replongeai dans un sommeil léger. Il me jeta à même le sol et me sauta sur le parquet qui égratigna mes genoux. Je n'éprouvai pas de douleur à proprement parler, plutôt une forme de lassitude d'autant plus grande qu'il réitéra encore, encore, encore. La dernière fois, je lui demandai de me laisser. Ma phrase s'étouffa dans un haut-le-cœur ; je continuai d'encaisser, en dépit de la fatigue, de l'amertume, de la nausée. Et tandis qu'il m'écrasait par terre, tandis que je le laissais faire, se produisit un phénomène que je crus d'abord vivre pour la première fois : je me séparai de mon enveloppe corporelle et je m'observai de l'extérieur. Je me vis de haut, de loin, recroquevillée dans un coin. Dépouille becquetée par un vautour. Je contemplais ce corps qui n'en était plus vraiment un, qui n'était d'ailleurs plus vraiment moi, tout juste mon contenant. Cela me conforta dans l'idée que cette activité était temporaire et qu'un autre destin m'attendait : un jour, les gens me verraient.

Dans cette chambre d'hôtel à la décoration sommaire – un couvre-lit tombé au sol, un mini-bar, une télévision –, je me promis de ne plus accepter de *rencontre* pour une nuit entière. La nuit, c'était le moment du sommeil, de l'intime et du sacré, tout cela n'appartenait qu'à moi, c'était la seule chose que je pouvais proprement posséder. Je devais aussi être plus vigilante dans ma sélection : une expression écrite correcte ne serait plus un motif de validation.

Au matin, mon esprit cessa de manifester son désaccord face à la violence endurée la veille par mon corps. Je rentrai chez moi et la rancœur, tranquillement, s'effaça devant la liasse de billets que je tenais à la main : six cents euros. Je les fis glisser un à un entre mes doigts et les répartis dans des enveloppes que je jetai dans mon tiroir à chaussettes, tandis que résonnait dans ma tête une chanson d'Abba. Quant à la qualification de cette nuit d'amour, de cette extorsion, de *ce viol*, elle ne m'apparut qu'un an plus tard. Ce jour-là, dans ma chambre de bonne, je ne réalisai pas. Ma contrariété de la veille était passée ; j'allais bien – enfin, si j'avais été en mesure de me poser la question, d'y réfléchir frontalement, c'est ce que j'aurais cru. Mais je ne m'écoutais plus depuis un moment.

Conserver les yeux clos. Refuser de voir en face le présent, le défilé de ces hommes plus âgés que mes propres parents. J'installais des cloisons entre mon cerveau et moi. C'était la condition pour supporter tout cela.

J'ôtai un à un mes vêtements que je posai sur le dossier de ma chaise, je m'installai sous la douche et je frottai mon corps, je le frottai très fort, comme si le nettoyer pouvait gommer le souvenir de cette nuit entrecoupée.

Je sortis dans mon quartier, le cœur vide, je déambulai dans le Montmartre des touristes, des rues blindées, pavées, dans un décor de papier-plâtre. Quelques centaines de pas et j'atterris dans une tout autre ambiance, celle du nouveau 18e arrondissement, du Paris gris, sale et bruyant, des vendeurs de Marlboro à la sauvette, du maïs grillé sur des caddies de supermarché et des fumeurs de crack qui vivaient autour des points de deal. C'était le Paris du quotidien, rive droite, avant la gentrification : des rues qui sentaient la pisse, des clochards qui m'interpelaient en arabe, des cyclistes renversés. Des immeubles insalubres dont les appartements étaient proposés à la location. Des bars fermés pour proxénétisme. Une misère et une violence qui m'empêchaient de penser à celles que j'endurais. Le boulevard et la foule m'engloutissaient ; c'était jour de marché. Sur un stand de sacs à main, un commerçant me proposa un Louis Vuitton damier, j'hésitai à le prendre, je n'y connaissais rien. Il insista, il me toucha le bras, il ne me lâcha pas et très vite j'étouffai, au milieu du bruit du monde, de cette agitation qui m'agressait. Je m'enfuis en courant. À la station de métro, je ralentis ; une grand-mère me bouscula. Je lui demandai pardon en regardant mes pieds.

Dans la ligne aérienne, le visage collé sur la vitre, je laissais défiler sous mes yeux la partie Nord de la ville. Au-dessus du Tati de Barbès s'élevait la butte Montmartre et, au loin, dressé vers le ciel, le toit de la basilique du Sacré-Cœur qui me saisit dans sa lumière. Je fermai les yeux.

Et c'est à tort que je crus d'abord m'intégrer au moyen de la prostitution, alors qu'elle ne fit que m'éloigner de mes camarades. Elle balaya sans crier gare mes jeunes années, mes études et tout ce qui aurait dû constituer le ferment de mon avenir. Je me demande parfois quelle aurait été mon histoire si je m'étais mieux accrochée, si j'avais réclamé de l'aide au lieu de chercher à exister, si j'avais appréhendé la charge de travail qui me submergea dès les premiers partiels blancs, si je n'avais pas, au détriment de tout, voulu plaire aux autres étudiants.

Nous étions si différents.

Dès le début de l'année, je ne goûtais pas leur humour, leurs quolibets, le mot *pute* que les redoublants brandissaient à tout-va, comme une menace qui planait au-dessus de l'honneur des filles, au-dessus de l'honneur des femmes, particulièrement de celles qui ne l'étaient pas – putes.

Agathe ne souffrait pas de ce qualificatif. Elle jouissait d'une notoriété telle que rien n'entachait sa réputation ou son assurance. J'appris à la connaître grâce au hasard de l'alphabet. Les premières années de licence étaient scindées en trois groupes de neuf cent cinquante étudiants, selon l'ordre alphabétique de leurs noms de famille. Nous assistions donc à la fois aux mêmes cours magistraux et aux mêmes travaux dirigés en initiation au droit civil. Au milieu de la première séance, Agathe changea de place pour s'installer à mes côtés car elle crut que je lui serais utile ; j'avais lu, durant l'été, les ouvrages recommandés sur la bibliographie qui nous avait été adressée et, lorsque l'enseignant nous demanda le nom de l'auteur de *Flexible droit*, j'avais été la seule à répondre, en levant le doigt : Le doyen Carbonnier. Mes connaissances juridiques, toutefois, se limitèrent à cette anecdote. Mais en début d'année, ni Agathe ni moi ne le savions. Je découvris à ses côtés l'influence des marques sur la confiance en soi et l'importance de l'argent dans la réussite, quelle qu'elle soit – étudiante, professionnelle, amicale. Très vite, je m'achetai quelques vêtements dans une boutique du 7e arrondissement : Zadig&Voltaire. Agathe ne le remarqua même pas. Mon nouveau style hors de prix lui semblait tout à fait ordinaire. Elle croyait que je m'appelais Lola – au lieu de Lila – et je ne la reprenais jamais. Elle se nourrissait, le midi, d'une canette de Coca-Cola Light et justifiait son anorexie par le fait que les repas du CROUS étaient dégueulasses. Je voulus lui ressembler coûte que coûte et l'imitai discrètement, car elle seule me conduirait à vivre la vie dans ce qu'elle avait de plus grand : elle ne se contentait pas d'être vue, elle était admirée. *Elle existait.*

Mais il arrive qu'à trop vouloir forcer le destin, il nous rattrape et nous remette à notre place, celle que l'on n'aurait jamais dû quitter. Comme si tous les événements qui allaient se succéder dans ma vie avaient pour objectif précis de m'y ramener. Et que le premier de cette série était :

Ma confrontation avec Andrea.

Je n'avais pas encore remarqué sa présence à la fac parce qu'elle était dans le groupe A – Da Silva, début de l'alphabet. Elle avait toutefois obtenu une dérogation pour assister de temps à autre à différents TD, dont le mien – l'administration l'arrangeait parce qu'elle était étudiante salariée. Quand elle entra dans la salle alors que nous étions déjà attablés, je tournai la tête pour la voir, la bouche légèrement entrouverte, et en posant mon regard sur elle, j'attirai en fait son attention sur moi.

— Salut.

— Salut.

Cinq lettres pour déployer le souvenir et le souvenir enveloppa tout. Andrea avait été mon amie d'enfance. Je reconnus ses grands yeux noirs sous la monture de ses lunettes et je me souvins des lentilles violettes qu'elle volait chez l'opticien de la galerie marchande du Auchan ; mes lèvres sourirent, instantanément.

— Tu la connais ? me demanda Agathe.

— Pas vraiment.

Je prononçai ces mots et mon cœur se brisa. C'était pourtant la vérité : je ne la connaissais plus depuis longtemps.

À la fin du cours, Agathe me fit remarquer qu'une des filles de notre TD avait un faux Louis Vuitton damier. Comment le savait-elle ? Eh bien, parce que ces sacs étaient trop tape-à-l'œil pour les personnes qui avaient les moyens de se les offrir. Et qu'il s'en vendait des centaines de contrefaçons par jour dans certains quartiers sensibles. Tous les regards se posèrent sur sa cible, une pauvre fille qui n'avait rien demandé à personne. Tous, à l'exception de celui d'Andrea qui me fixait. Elle m'interpela : C'est du mépris, Lila, tu laisses passer ça ? Tu ne réagis pas ? Ses questions jetèrent un froid dont elle se plut à observer l'effet.

Andrea avait toujours été grande gueule. Si j'avais autrefois admiré sa fièvre, son impatience, et cet aplomb qui faisaient tout son charme, je lui trouvai désormais un style vulgaire, de banlieusarde, avec son pantalon mal taillé – elle l'avait sans doute acheté chez Tati ou au marché. Il me semblait impensable de maintenir un lien avec elle. Je la pris donc de haut et demandai en levant les yeux au ciel : Mais de quoi elle se mêle, celle-là ? Andrea surjoua l'indignation, elle posa une main sur son cœur et poussa un cri. Savourant mon triomphe, je me tournai vers Agathe, qui était passée à autre chose. Je courais derrière elle quand j'entendis résonner dans le salon d'honneur la voix d'Andrea : *Krari*, regarde-toi. Tu as changé Lila. Et pas en bien. Tu oublies d'où tu viens.

Le sang me monta aux tempes. Andrea avait le conflit tapageur ; chacun devait être témoin de ses esclandres. Je voulus rebrousser chemin pour l'insulter, mais je n'en fis rien ; qu'elle me trouve changée, cela m'allait très bien. Plus tard, lorsque le jour déclina, lorsque de retour chez moi je m'installai dans mon lit, je regrettai cependant de l'avoir traitée avec mépris ; nous venions du même milieu et aurions gagné à nous fréquenter de nouveau. Ce qui m'en empêchait, c'était les autres. Agathe commençait à peine à m'accueillir parmi les siens. Pour rien au monde je ne pouvais renoncer à cette faveur. Alors je convoquai tous les aspects négatifs d'Andrea pour me convaincre du bien-fondé de mon choix. Je me souvins des ravages que notre amitié avait causés, puis laissés dans son sillage. De la jalousie d'Andrea lorsque je commençai ma vie sexuelle – elle ne supporta pas que je la débute avant elle, craignit sans doute que je la surpasse, elle qui aimait tant asseoir son ascendant sur les autres. J'imaginai sa réaction si elle apprenait que le sexe, j'en avais justement fait mon métier. Je ris toute seule et me figurai que cela la rendrait malade à en crever.

Mais par manque de courage, bien sûr, je lui dissimulerai la vérité : il y avait une pute à la fac et c'était moi. Cela ne regardait ni Agathe, ni Andrea. En dehors de la putosphère, je taisais mon activité, jamais par honte, toujours pour m'épargner les remarques déplacées, les conclusions hâtives ou les élans de pitié. Je me souvins aussi qu'Andrea m'avait traitée de pute, une fois. J'aurais préféré m'attacher à ce détail et nourrir à son encontre une forme de rancœur. Rien n'y faisait : le ressentiment m'était étranger. L'âpreté de notre relation n'était jamais parvenue à atténuer mon caractère servile et discipliné. Exister dans l'ombre d'Andrea avait été le prix à payer pour apprendre, pour grandir, pour parvenir à partir. À la nuit tombée, je fus envahie de nostalgie : il faut croire que notre relation, aussi violente et empreinte de domination ait-elle été, me manquait.

3

Depuis l'autre côté de la façade du collège Guy Môquet, l'on entendait les adolescents crier à s'en éclater les poumons. C'était le mois de juin, le soleil répandait sa chaleur sur le bitume de la cour de récré et les oiseaux n'étaient plus là, ils s'étaient cachés. Le ciel était d'un bleu lumineux, aucun nuage bas n'assombrissait l'horizon ; nous n'aspirions qu'à flâner au bord du lac. Mais nous devions pour l'heure demeurer dans l'enceinte de l'établissement ; le professeur d'EPS organisait une balle au prisonnier à laquelle nous étions tenues de participer. En chasubles colorés et pantalons de survêtement, les filles couraient lentement, certaines traînaient des pieds ou discutaient les bras croisés, et les garçons trempés de sueur hurlaient, ils s'énervaient, ils étaient prêts à s'entretuer.

Les tempes brûlantes, je m'affairais obéissante sur le terrain en ignorant mon mal de cœur et la sensation de chaleur. Cacher ma transpiration. Ne pas lever les bras. Les muscles de mes cuisses tiraient, ma nuque collait déjà. Un mal de tête et un point de côté me plièrent le corps en deux, sans doute étais-je un peu déshydratée, alors je m'assis au sol les jambes croisées, le corps tremblant, et Mehdi qui m'aperçut me dit que vraiment, les filles, on ne pouvait jamais compter sur elles.

Mon état redevint normal peu après la fin du cours. Je marchais au bras d'Andrea, mon amie qui n'était ni Arabe ni

Noire ; elle était Portugaise et l'exhibait avec fierté sur un tee-shirt de la Benfica Lisboa – son équipe préférée. Elle avait récemment rompu avec son copain, un gars plus âgé du CFA d'à côté. Adam, notre délégué, ne lui laissa pas le temps de m'en raconter davantage ; il traversa la cour pour se planter devant nous et d'un air grave, tout en invitant la foule à nous encercler, il s'adressa à elle et feignit de m'ignorer ; Andrea voulait-elle sortir avec Mehdi ?

Chacun des jeunes autour de nous retint son souffle pendant un moment bref, extrêmement bref mais qui me parut durer une éternité.

Je regardai ailleurs.

Andrea accepta.

Plus transparente que moi, on meurt.

La foule exulta de joie et mon cœur se brisa ; je craignis que ces garçons finissent par me voler Andrea. Pourtant les tourtereaux ne s'embrassèrent pas. Ils ne se saluèrent pas. Ils ne s'adressèrent pas un mot, pas un regard. Mehdi partit de son côté avec ses amis ; Andrea ne lâcha pas mon bras jusqu'à la sortie. C'était ainsi qu'elle pratiquait les garçons. En cinquième à Guy Môquet, c'était ainsi que tout le monde se fréquentait.

J'adorais Andrea et j'aurais à l'époque tout donné pour être elle, à mi-chemin entre la fièvre et l'absolu. Elle était déjà adolescente et ses bretelles de soutien-gorge toujours apparentes sous les manches de son tee-shirt, parce qu'elles tombaient mollement le long de ses épaules. J'observais sa façon de fumer, de siffler pour interpeler, d'enfoncer les écouteurs du Discman dans ses oreilles sitôt la grille dépassée, j'enviais le timbre de sa voix grave dont je m'enivrais chaque fois qu'elle fredonnait du Matt Houston, son chanteur préféré. Dans la solitude de ma chambre, je m'entraînais le soir à imiter les gestes qu'elle exécutait sans retenue, avec l'espoir que mon cerveau les reproduise un jour à mon insu.

Jamais je n'aurais imaginé retrouver Andrea en faculté de droit. À Paris, cela allait de soi, mais en faculté de droit, non, sincèrement pas.

Ce jour-là, une fois franchie la limite du collège, elle saisit mon poignet, accéléra le pas et m'entraîna au bord du lac. Elle s'installa en tailleur entre deux buissons, je fis de même et de toute façon, nous n'avions rien de mieux à faire que de chanter à l'unisson le dernier tube de Matt Houston, *Qu'est-ce que j'vais m'faire chier à l'école, y'a pas d'place pour moi sauf en colle.* Elle se tut subitement, posa son sac sur ses genoux, en sortit un, disons joint, ou ébauche de, m'enjoignit à lui faire une soufflette. Il se peut que mon silence ait trahi mon hésitation : je voulus décliner, l'odeur de l'herbe allait faire tiquer ma mère, elle pourrait me frapper, se mettre en colère, mais je ne dis rien. Refuser m'aurait exclue du cercle restreint des amies d'Andrea.

Et je la revois, à ce moment-là, le visage baigné de lumière, mes lèvres collées aux siennes et ses mains posées autour de nos bouches, jusqu'à ce que j'aie mal, jusqu'à ce que je tousse. La tête me tournait. Je ne peux pas dire que j'aimais ou que c'était bon. Mais mon dégoût je le conservai pour moi parce que ce cri sorti du ventre d'Andrea, ce cri sincère et pur qui exprimait sa joie, ce cri me transporta si loin qu'aujourd'hui encore je m'en souviens avec délectation. Être jeune, c'était donc ça : découvrir le frisson de l'interdit. Et le vivre à deux, avec son amie.

Andrea me parla de garçons. De ceux qui la regardaient comme si de rien n'était, des rumeurs qui disaient qu'Untel la draguait, la convoitait, avais-je remarqué quoi que ce soit ? Au demeurant, elle était amoureuse, Mais non, pas de Mehdi, quelle idée, bien sûr que non ! Elle s'allongea dans l'herbe et me demanda d'écrire un mot dans son agenda, recouvert de photographies de Matt Houston qu'elle avait découpées dans des magazines. J'en tournai les pages une à une en quête d'inspiration, je lus à voix haute les paroles de chansons écrites par d'autres et par moi-même. À la date du 30 septembre, il y avait un cœur. Je levai la tête et interrogeai Andrea ; était-ce la date d'anniversaire de son amoureux ? Elle acquiesça.

Et ce fut là, au bord du lac, dans le secret de cet après-midi de juin, qu'elle me parla de son projet pour la première fois : Paris. Douzième arrondissement, plus précisément. Le quartier de Matt Houston. Son idole la guidait, lui donnait le courage de rêver, la force d'avancer. Andrea connaissait ses chansons à la perfection, *Dans la peau d'un dealer* ou *Cendrillon*, elle me dit que Matt n'attendait qu'elle pour se caser. Quand elle m'en parlait, son regard s'illuminait et son sourire la faisait ressembler à un rongeur. Le duvet de son visage scintillait au soleil. Elle le rencontrerait ; elle en était sûre. Andrea y croyait. Elle y croyait vraiment. Mais elle avait douze ans. Elle patienterait jusqu'à sa majorité, ne concevait le temps que comme une contrainte qu'il fallait surmonter.

Le temps se montra pourtant clément à son égard. Il remplaça sa chevelure jaune décolorée en un brun naturel, mousseux, il fit repousser ses sourcils, autrefois épilés si fins et en forme d'accent circonflexe. Bien sûr, elle conservait ses défauts et continuait de s'habiller comme une pauvre, mais ses qualités ne l'avaient pas quittée, à commencer par ce caractère fort, puissant – si j'en croyais la manière dont elle m'avait interpelée à la faculté. Moi, j'avais le sentiment que grandir m'avait détraquée. Que j'étais passée du statut de suiveuse mal dans sa peau à celui de pute. Une pute terriblement seule, pour qui l'amour, la joie, l'avenir n'existaient pas.

4

En me réveillant vers midi, je me tins un moment en apnée au bord du lit, la gorge nouée par une étrange tristesse. Je me reprochai d'avoir été dure avec Andrea, me projetai un instant la côtoyant derechef.

Impossible.

Elle me renvoyait une image de moi dont je ne voulais pas. Je m'apprêtais à franchir une forteresse, je ne pouvais m'encombrer de son poids. Mes nouvelles amies de la fac ne comprendraient pas que je m'abaisse à son niveau, à celui d'une fille quelconque que je n'étais pas. Un peu plus d'un mois s'était écoulé depuis la rentrée et la rapidité de ma transformation me fascinait : tout était à portée de main. Je me redressai et portai le regard au loin ; renoncer à notre amitié me permettrait de me construire un destin. J'en étais persuadée.

Plus tard dans l'après-midi, j'ouvris mon armoire, je retirai du ceintre une robe bustier, légèrement rembourrée, encore neuve et jamais portée ; je l'enfilai. Le miroir me renvoya le reflet de mes épaules trop larges, tendues, je me trouvai ridicule. Pourtant je persistai : embellisseur de teint, blush, gloss, eye-liner, mascara. Tout pourvu qu'en me regardant, l'on voie une autre que moi.

Ce samedi-là, Agathe organisait sa soirée. Elle avait loué, pour l'occasion, un club de cinéma privé créé par David Lynch

– un type dont je n'avais jamais entendu parler. L'entrée du Silencio était payante ; je m'acquittai de la somme demandée sans questionner. À l'intérieur du hall, après avoir dépassé la foule stagnant dans l'entrée, je m'aventurai sous un dôme couleur d'automne, ocre brun, que des lumières bleues faisaient, dans les coins, baver de noir. Je conservai la bouche bée en contournant le bar et j'explorai les lieux, j'atterris dans un couloir en trompe l'œil, qui reproduisait une séquence d'un film que je n'avais jamais vu. Sur une scène, jouait un groupe de rock inconnu – j'appris que l'on disait *alternatif*. J'entrai dans une salle de cinéma avec des fauteuils taupe sur lesquels on pouvait s'installer à deux, et c'est là que ma vie bascula.

Victor.

Le frère aîné d'Agathe. Étudiant en école de commerce.

Ce fut d'abord une ombre floue, une silhouette dans un faisceau d'or. Puis je le vis me regarder ; notre rapprochement fut une évidence. Il était bien plus grand que moi. Il baissa la tête et me demanda : Tu veux fumer ? Je ne fumais pas. Mais je lui répondis : Pourquoi pas. Alors Victor, qui saisit ma main, me fit virevolter entre les rangées, puis entre les jeunes bourges qui dansaient et, au milieu des chants que peinait à masquer une musique beaucoup trop forte, parmi ces gens qui consommaient des cocktails hors de prix, Victor me tenait avec une telle vigueur que je me surpris à rêver, à me prendre pour sa fiancée. Il connaissait le lieu par cœur et me conduisit au fumoir. Là, nous pouvions nous isoler. Partager une cigarette qui me fit tousser. Discuter. Nous embrasser. Échanger nos numéros.

Et puis.

Chuchotements, rapprochements, caresses, il était si beau.

Mon cœur, qui avait toujours conservé sa place entre mes côtes, descendit dans mon ventre pour la première fois. Je me concentrai pour ne pas défaillir. Il me parlait au creux de l'oreille, de sa voix douce et grave.

D'autres personnes nous rejoignirent dans le fumoir. Le rideau qui couvrait la porte d'entrée vola devant elles. Nous changions donc à nouveau de pièce, course dans le labyrinthe, demi-tour, atterrissions dans une cuisine déserte dont la fenêtre était demeurée entrouverte.

Victor plaqua mon visage contre un mur et souleva ma robe. Je me laissai faire ; ses doigts me pénétrèrent. Il s'arrêta et, en soufflant son haleine tiède dans ma nuque, il me dit que l'on n'irait pas plus loin si je ne le voulais pas. Dans un râle je lui empoignai les fesses et je lui dis Prends-moi. Victor attrapa mes cheveux de sa main gauche, ma hanche de sa main droite, et me donna des coups de reins. Mon visage laissa sur le mur des traces de maquillage. Le froid du dehors me mordit la peau. Mon plaisir ne rencontra pas le sien. Je n'osai pas placer sa tête entre mes jambes, le contraindre à davantage d'attentions, lui demander de m'inclure dans la partie. C'était une baise solitaire, mécanique, qu'il conclut en me tapant les fesses. Mais je me satisfaisais de peu. Que Victor me témoigne de l'intérêt, je trouvais cela fabuleux.

Nous sortîmes nous promener dans la nuit, le ciel était lourd ; la pluie sur le point de tomber. Victor me prêta sa veste et je me blottis contre lui. Il me parla comme s'il me connaissait déjà, comme s'il n'avait jamais attendu que moi. Il était le frère aîné d'Agathe mais ne lui ressemblait pas : il était aussi brun qu'elle était blonde, aussi carré qu'elle était longiligne. Je lui demandai d'où venait son teint métissé ; il me dit qu'il avait été adopté. Comme ça, en toute simplicité. Le calme avec lequel il s'exprimait me désarmait. Il voulut savoir de quel arrondissement je venais et en guise de réponse, je l'embrassai.

Nous marchâmes jusqu'à Strasbourg-Saint-Denis. À propos d'un vieil homme qui négociait avec une Chinoise sur le trottoir, Victor me dit : Tu imagines le degré de solitude du gars, pour qu'il en soit réduit à se taper *ça* ? Instantanément, je répliquai : Et tu imagines son degré de solitude à elle ? Il ne répondit rien. Je ne lui dis pas que sa remarque était déplacée, raciste ou misogyne. J'aurais été, à l'époque, incapable de la qualifier. Je ne lui dis pas qu'en dépréciant cette pute il m'humiliait aussi. Je regardai la Chinoise, son sourire vide teinté de rouge et le vieux qui se tenait face à elle, qui la jaugeait comme du bétail, qui évaluait le prix qu'il y mettrait. Ce monde me dégoûtait. Victor m'enlaça et proposa que l'on change de quartier ; le coin était mal famé, fréquenté par de nombreux immigrés. Je ne le démentis pas. La pluie tomba à flots au moment où un taxi s'arrêta.

Les jours qui suivirent, Victor m'offrit un billet de TER ; nous profitions d'un week-end pour visiter les châteaux de la Loire. À Chambord, il faisait des bêtises pour m'amuser, il me porta dans ses bras et me dit Lila, Lila tu es prête ?, puis me posa dans le lit d'Anne d'Autriche en riant. Sous le regard médusé des touristes, nous nous y allongeâmes, majestueux. J'étais toute puissante et détendue. J'ignorais les bruits qui nous entouraient, les voix des vigiles qui s'élevaient, l'agitation qui naissait. Il n'y avait rien d'autre que nous deux dans ce lit royal. Nous formions un couple. J'en étais convaincue. Même Agathe, à la fac, me le dit : Je sais pas ce que tu lui as fait à mon frère, il est dingue de toi. Elle m'appelait désormais par mon prénom : Lila.

Sur le plan culturel, fréquenter Victor m'éleva. Il écoutait des groupes qui n'étaient pas diffusés en radio, mais surtout, il lisait sans arrêt, des romans, des essais. Il me demanda une nuit quel type de romans je lisais, je lui répondis que je ne lisais jamais.

Il ne cacha pas son étonnement mais sans mépris, il m'offrit un livre de son auteur préféré : Octave Germanopratin, enfin, OGP. Il m'expliqua que ce romancier écrivait sur sa vie d'anticonformiste, d'homme qui ne couchait qu'avec des femmes très belles, très jeunes, bien plus que lui, mais qu'en réalité, à travers ses récits, OGP portait un regard acerbe sur le monde contemporain. Victor me l'assura, ses livres étaient bien. Je n'avais aucune raison d'en douter et me serrai contre lui.

Pour vivre pleinement cette histoire, pour lui consacrer du temps, pour m'y investir, pour n'avoir pas à m'éclipser ou à mentir, je cessai de me prostituer. Du jour au lendemain. Je devais retrouver un client à qui je posai un lapin. Le rendez-vous était fixé de longue date et d'un coup, parce que l'amour dans ma vie devint plus grand que tout, le client cessa d'exister. Il en alla de même de tous les autres, disparus, envolés. Partout où je sortais, c'était Victor qui m'invitait. Une fois ma garde-robe reconstituée, j'avais pu économiser quelques billets pour le loyer. Mon quotidien était studieux, heureux, j'étais convaincue de l'infaillibilité de notre relation.

Victor ne vint jamais chez moi. Ma chambre de bonne était minuscule, je ne voulais pas qu'il la voie. Quand j'y passais la nuit, ce qui arrivait quelquefois, je me privai de repas afin de conserver un peu d'argent. Cette situation n'était pas tenable, je le savais. Pour y remédier, je ne vis qu'une solution, en dehors de la prostitution : faire la queue, un dimanche après-midi, parmi les sans-logis, les sans-papiers, les démunis ; l'on y récupérait à tour de rôle un colis de nourriture en échange d'un bon de papier. La tête baissée, les yeux posés sur mes chaussures, je ne m'adressai aux bénévoles que d'une voix fluette et mesurée. Victor ignorait tout de ma situation sociale et financière ; mentir par omission me maintenait un peu de son côté.

À ce détail près, celui de la pauvreté, je menais la vie dont je rêvais. La jeunesse dorée m'admettait en son sein. Je me répétais que je fréquentais un mec bien. Mais comme l'amour, le bonheur est éphémère, il n'irradie pas autour de lui, ce n'est pas vrai. Victor, de plus en plus souvent, ignora mes messages. Un jour je le surpris même à se montrer volage. Une fille avait commenté chacune des photos de son profil sur Facebook, je le démasquai grâce à un faux compte que j'utilisai pour lui écrire. Puis je lui demandai Pourquoi ?, il me répondit ça : Le couple est une construction sociale, sois au-dessus de tout cela. Je n'avais rien contre cette vision des choses, mais j'étais susceptible et d'une jalousie maladive. Quand j'estimais trop lointain le rendez-vous qu'il me fixait, Victor moquait mes doléances. Je cessai de lui exprimer le moindre de mes besoins.

Mais ma jalousie ne disparut pas ; elle demeura au travers de ma gorge, comme une glaire avalée de travers. Je cherchai les différentes filles sur Internet, je les scrutai. Qu'avaient-elles de plus que moi ? Une forme d'indépendance, peut-être. Étaient-elles plus jolies ? Je ne l'aurais pas supporté. Ma principale préoccupation était de valoriser mon apparence pour lui plaire. Pour qu'il me place au-dessus de la masse.

Alors j'attendis Victor, je crus m'habituer, puis je pensai me changer, et enfin, le changer, mais le problème, c'est que les gens ne changent pas, ça non, ils ne changent pas. Et comme Victor me réclama de l'air, je le pris au mot et lui écrivis un peu moins souvent. Afin de tuer le temps et de me détourner de mon chagrin, je fréquentais de nouveau la putosphère. J'y consultais les messages écrits par les putes et je m'évadais dans leur univers.

5

Je passai plusieurs jours sans aucun signe de Victor et, ce faisant, je me souvins du temps récent où je me prostituais encore. J'avais tout arrêté avec facilité, afin que nous vivions notre histoire sereinement, mais je sentais que cet arrêt ne pouvait être que provisoire ; un sursis. Une sorte de mauvais présage : la prostitution comme une drogue dure. Cette idée éveilla en moi une mélancolie, de celles qui accompagnent le manque, l'abandon, la résignation. Je lisais les putes assidument tout en me mentant à moi-même, quand je jurais que je ne reprendrais jamais.

Et le soir venu, allongée sous les draps, je caressais mon corps pour donner à ma tête une illusion d'affection. Mon cerveau percevait le manège ; mes tentatives échouaient à chaque fois. L'affection ne pouvait provenir que d'un autre, d'un autre qui n'était jamais là. Je me sentais minable de penser sans cesse à lui, de conditionner mon bien-être à sa présence, mais il en allait ainsi : par intermittence, j'étais persuadée que ma vie sans Victor serait brève, à tout le moins insignifiante ou indigne d'être vécue.

Ce sont les putes qui m'aidèrent à avancer. Elles posèrent à distance des mots sur ce que pourraient m'apporter les clients dans un moment pareil. De l'argent, bien sûr, mais avant tout une forme de confiance en moi, une incoercible foi en l'avenir, assortie d'un sentiment de pouvoir. Une plus grande présence au monde, aussi : j'étais devenue, contrairement à nombre de femmes évoquées sur la putosphère, pleinement consciente de la lâcheté des hommes. Ils ne pourraient plus jamais m'avoir, si je n'attendais rien de leur part. Je découvris au contact des putes cette pensée nouvelle, cette pensée qui me parut grandiose, dangereuse et culottée, cette pensée qui boursoufla mon ego et m'éblouit. J'eus le sentiment d'accéder aux sphères supérieures de la pensée.

D'exister.

D'être invincible. Cette force injectée dans mes veines me poussa à recommencer, à renouer avec de potentiels prospects. Il arrive que l'on consente à se faire du mal sans que l'on sache vraiment pourquoi. Et c'est ainsi que face aux clients qui prétendaient ne voir en moi que la jeune femme ordinaire, face à tous ceux qui exigeaient que je me comporte comme s'ils ne me payaient pas, je parvins à prendre sur moi, à masquer mon mépris, en même temps que la raison première de ma présence à leurs côtés : faire croire à Victor que j'étais aussi détachée que lui.

Les putes me dirent que les clients raffolaient des GFE, acronyme de *Girlfriend Experience*. Que pour mériter cette appellation, je devais me comporter en petite amie normale – un peu de conversation, des sujets de discussion variés, une apparence classique. Elles me dirent que c'était ce qui se vendait le mieux, que les hommes souhaitaient que l'on ne côtoie personne d'autre qu'eux. Qu'ils voyaient en nous un territoire à conquérir. Une propriété à posséder. Sans trop s'investir. Et sans jamais rien partager.

Pour me conformer à leurs attentes de normalité, je mis au point toutes sortes de stratagèmes : lingerie dépareillée, visage non maquillé, maillot pas épilé et même cheveux mouillés. Je m'apprêtais moins avant de les retrouver que je ne le faisais avec Victor. Les hommes étaient pourtant satisfaits. Ils proposaient de me revoir. Je déclinais toujours. En matière de prostitution, je ne voulais que du coup d'un soir.

Grisélidis_R me dit que le risque principal de la rencontre GFE était de croiser un *Sugar Daddy* qui ne cherchait qu'à draguer. Qu'il invitait au restaurant, au théâtre, au musée, sans jamais nous donner d'argent. Elle me dit qu'avec les cons de cette espèce, les putes perdaient leur temps. Que je méritais mieux. Qu'en tombant amoureux, ils empiétaient sur notre vie privée. Qu'en évitant de les rencontrer, je conserverais ma dignité.

Victor demeurait ma priorité ; je refusais que les clients me prennent trop de temps. Ils me réclamaient de l'attention, de l'affection, des choses qui ne s'achètent pas ; je m'investissais peu. Ils me faisaient part de leurs problèmes de couple, de leur incapacité à communiquer avec Bobonne. Ils ignoraient que j'entendais en boucle ce discours. Je ne le leur disais pas.

J'acceptai un rendez-vous un mercredi matin. Je me levai plus tôt que d'habitude et, le corps encore engourdi, je sortis de chez moi à six heures et demie. Dans la nuit grise, je marchai sur le pavé mouillé, le long de la rue des Martyrs, depuis les Abbesses jusqu'à la rue Lafayette ; Paris ne s'éveillait pas encore, j'assistais à un défilé de camions, alternance de livraisons et de poubelles. Sur le trottoir, un vieil ébouriffé se traînait en secouant une clochette et un clochard dormait à même le sol au pied de l'église Notre-Dame de Lorette. J'accélérai le pas en regardant mes chaussures. Sans me retourner.

Mon client arriva en même temps que moi, Allons dans mon bureau, mes collègues ne sont pas encore là. Il me remit une enveloppe de billets que je recomptai ; s'ensuivit un échange de banalités. Il travaillait dans la fusion-acquisition et procédait à des regroupements d'entreprises, de capitaux, parfois à des divisions d'entreprises ou de capitaux – il s'agissait d'opérations complexes qui ne pouvaient être diligentées que par des personnes expertes dans leur domaine. Les clients tentaient toujours de se démarquer les uns des autres en me parlant de leur centre d'intérêt ou de leur métier, comme s'ils cherchaient à me prouver qu'ils étaient des individus, des êtres humains nettement différenciés. Alors qu'ils n'étaient que des bêtes.

Très bien, lui dis-je, et je fis dévier la conversation sur sa vie privée : j'aspirais à faire parler mes clients de leurs inquiétudes et de leurs vices. Ils me racontaient leur vie minable, ils se montraient vulnérables, cela me conférait une longueur d'avance sur eux. Avait-il des enfants ? Était-il amoureux ? Est-ce que sa compagne le croyait en train de travailler ? Que dirait-elle si elle découvrait mon existence ? Mes séances d'interrogatoires m'apprirent beaucoup au sujet des couples, de leurs échecs et des non-dits qui les rongent. J'imaginais encore être un agent secret sous couverture, en train de recueillir des informations confidentielles à propos d'hommes puissants.

Lui ne touchait plus sa femme ; leur couple déclinait. Comme l'heure. Sans désir, sans répugnance non plus, je pinçai de mes dents ma lèvre inférieure. J'adoptai un air intimidé et me collai à lui sans cesser de l'embrasser. C'était ce qu'il attendait de moi, la raison pour laquelle j'étais déplacée là. Il me posa sur un bureau désordonné, à côté des piles de dossiers, et d'une carte postale de Tanger, dont je reconnus la kasbah blanche qui surplombait la Méditerranée. Instantanément, une nausée de tristesse, de la mélancolie. Le présent qui s'enraye à l'évocation des souvenirs. Je ne quittai plus la carte des yeux. Ses coins étaient abîmés, l'image sans doute un peu retouchée tant le bleu de la mer paraissait exagérément clair. Nous étions tous les deux devant les vitres nues – pas de rideaux, pas de stores – qui nous séparaient du dehors, et moi je ne pensais qu'à Tanger, à ses rues étroites, bondées, à ses remparts, son minaret, et j'entendis s'élever l'appel du muezzin qui tant de fois m'avait réveillée. Mon corps reproduisit les mêmes gestes que d'habitude, ma main attrapa ses fesses pour l'attirer à moi. L'eau de la mer glissa sous mes doigts et se mêla à celle de l'océan. Lui s'excusa pour sa demi-molle, C'est parce que je suis impressionné. Je dois d'abord m'occuper de toi.

Je le laissai faire et détournai le regard. Sur ma peau, l'air marin neutralisait presque la lourdeur du sirocco. Il me demanda ce que je préférais, je ne répondis pas. Je n'étais plus là.

6

Les montagnes se précisaient à mesure que le ferry approchait. Vite, me dit ma mère, il faut se dépêcher. Récite ta prière, tu dois la maîtriser. Ne me fais pas honte devant *henna*, ta grand-mère.

Après la disparition du père (il s'était volatilisé, impossible pour lui d'envoyer cent francs par mois sur un chèque froissé), ma mère s'était mue en religieuse. Autrefois si attachée aux apparences, avec ses longs cheveux bruns, épais, parsemés de rares fils argentés, avec ses yeux noirs très maquillés et sa bouche bien rouge, désormais elle se négligeait. Cheveux en boule, visage gris, corps amaigri caché sous une robe sans forme. Ce qui lui importait : ses racines. Et l'Islam. Elle renouait même avec son vrai prénom : Fatima. Jusqu'à présent, en France, elle s'était toujours fait appeler Myriam – plus distingué, moins prolo. C'était fini.

Sitôt le bateau amarré, les voyageurs se dressèrent et se pressèrent sur le quai. Leur mouvement souleva l'air marin, mêlé à l'odeur du jasmin, des figues mûres et des poubelles renversées. Le sourire de ma mère quand elle aperçut *henna* : inoubliable. La vieille femme enturbannée écarta les bras pour nous embrasser. Elle m'appela *hbibi* et me dit *marhaba*. Bienvenue à Tanger.

Dans le bus, sur le trajet, je déchiffrai la devise inscrite sur la montagne boisée, des mots immenses en lettres blanches, presque argentées : *Allah, alwatan, almalik.* Ma mère me dit C'est bien, tu apprends vite.

Ces vacances à la mer chez *henna* comblèrent l'enfant que j'étais. J'aurais voulu qu'elles durent à l'infini, qu'elles ne s'arrêtent jamais. Mon rituel préféré était le moment du bain parce qu'il nous rapprochait, ma mère et moi, quand elle chauffait l'eau à la casserole pour la verser sur ma tête jetée en arrière. Elle recommençait, autant de fois que nécessaire. Ses doigts peignaient mes cheveux longs jusqu'à la taille, ils en retiraient toute la mousse. Elle en massait les pointes avec du *zit zitoun* et je m'endormais dans cette odeur d'huile d'olive qui embaumait la chambre.

C'est peu de chose, un souvenir d'enfance. Une image qui persiste sur la rétine, une chaleur vive qui irradie les membres. Un poignard enfoncé dans le cœur.

Durant la seconde moitié des vacances, ma mère devint folle. Peut-être l'était-elle déjà, je ne sais pas, mais c'est là que sa folie me frappa. Pour la première fois, j'avais épilé mes tibias avec du miel, comme *henna.* Elle m'avait dit Nous les femmes, on doit se faire belles, c'est comme ça, puis elle avait appliqué sur une de mes jambes une fine couche de cire artisanale, mélange de miel, de sucre et de jus de citron. Elle m'avait dit C'est un peu chaud, il faut faire attention. Elle avait déposé sur la bande dorée un morceau de tissu et m'avait invitée à tirer dessus, d'un geste brusque. Je m'y étais reprise à deux fois. La sensation d'une peau en lambeau, d'un épiderme à vif, mais la jambe lisse, enfin.

Le lendemain ma mère le remarqua, elle jeta sur moi ses yeux noirs devenus flèches, elle me demanda : Tu sais que les Saoudiens sont en vacances à Tanger ? Je ne répondis pas, parce que je m'en fichais. Elle m'attrapa violemment le bras, me jeta à terre pour me gifler, me tirer les cheveux, me donner des coups de poing. Je hurlai Arrête, arrête, arrête mais elle continua, elle me traita de pute, de *kahba*, prétendit qu'elle m'avait vue me préparer pour les Saoudiens, faire infuser le goût sucré du miel sur ma peau dans le dessein de leur plaire. Je lui assurai que non et elle hurla, prétendit que j'étais la digne fille de mon père, ce *faranssaoui* qui de toute façon ne m'aimait pas, qu'avait-elle fait pour mériter ça, elle le retrouverait et m'enverrait vivre chez lui. Quand *henna* intervint il était trop tard, déjà, elle l'éloigna de moi en hurlant *Safi*, me serra dans ses bras. Nous pleurions toutes les trois.

Ma mère cessa de paraître normale à mes yeux. À tout moment, je le savais, pouvait survenir une crise, un désastre, une impulsion morbide. L'insécurité permanente. Je la vécus jusqu'au dernier jour de vacances chez *henna* et la transformai en jeu, Tu ne dois marcher que sur les mosaïques bleues sinon maman te frappera.

De retour en France, dans notre appartement, ma mère sembla d'abord aller mieux. Ses mains de travailleuse, sèches et couvertes de cicatrices, me câlinaient à la tombée de la nuit, peu avant que nous nous couchions, moi dans la chambre, elle dans le salon. Elle me regardait longuement, comme n'importe quelle mère aurait regardé son enfant, puis elle me disait, inlassablement, Bonne nuit mon bébé, ma beauté. Pourtant, à la première contrariété sa main me frappait de nouveau, et sa bouche se mettait à vociférer, à vomir des insultes, pute, *kahba*, *kelba*. Un jour elle me dit que j'étais possédée par le *djinn*, qu'il fallait m'exorciser pourvu que mon apostasie ne déteigne pas sur elle. J'appris à ne plus l'écouter et m'enfermai dans une indifférence froide et silencieuse, fermai les yeux pour élever un mur imaginaire entre elle et moi. Je me promis de grandir vite, de gagner de l'argent. De fuir à Paris, dès mes dix-huit ans.

Et tout ça pour ça : pour me retrouver là.

Dans ce bureau désordonné.

Retour à la réalité.

— Tu as aimé, Fleur ? me demanda le client couvert de sueur qui posa la tête sur ma poitrine.

— Oui. Oui ça va.

— Tu crois que l'on se reverra ?

— Pourquoi pas.

7

Les trois jours qui suivirent ce rendez-vous, je ne parvins que difficilement à trouver le sommeil. Dès que je fermais les yeux, mes pensées devenaient incohérentes et incertaines. J'étais criblée de songes, de souvenirs surgis de l'enfance qui m'épuisaient. Derrière mes yeux clos, apparurent des pique-niques en été, au bord du lac, sous les arbres fruitiers. Le soleil nous inondait de sa lumière, se reflétait dans l'eau et lui conférait une teinte argentée. La mère d'Andrea et la mienne demeuraient assises sur une nappe tandis que nous partions nous balader, cueillir des fruits à même les arbres, ou bien des fleurs pour composer des bouquets. Nous avions dix ans. Le temps pour Andrea n'était pas encore la contrainte qu'il deviendrait.

Les arbres fruitiers sont une bénédiction, disait la mère d'Andrea, il faut les préserver, y faire attention. Elle venait souvent au lac avec des bassines pour ramasser des fruits pollués au kérozène ; je compris plus tard que sa famille était plus pauvre que la mienne. Nos mères exerçaient le même métier mais son père, handicapé, ne travaillait plus. Or, les enfants, chez Andrea, étaient au nombre de trois.

Ces pique-niques auraient sans doute quitté ma mémoire si l'un d'eux n'avait donné lieu à une effroyable raclée. La cause de l'incident était insignifiante : Andrea s'installa trop près de moi et je la repoussai. Le père d'Andrea rouspéta légèrement, ma mère explosa et tout vola en éclats.

Elle se leva d'un bond et découvrit, au loin, cachées dans les herbes hautes, mes deux Barbies dénudées, l'une enlaçant l'autre dans ses bras, ainsi que les avait placées Andrea. La fureur de ma mère. Et la frayeur d'Andrea quand sa main s'abattit sur moi. Je regardai mon amie en ricanant, feignant le *même pas mal* des enfants, un moyen de me soustraire au réel.

Je revécus tout cela depuis mon lit, adossée au mur, dans le noir. Ces coups accompagnèrent ma nuit et avec elle l'insomnie, le fouillis, la mémoire en bouillie. Je me souvins aussi du froid. Des yeux des adultes présents, brièvement détournés, comme si de rien n'était. Personne ne voulait ni voir, ni se mêler. Je les ouvris, mes yeux, je me levai et m'approchai de la fenêtre pour observer la pluie tomber dans le halo des réverbères. Victor ne répondait plus à aucun de mes messages. À la dernière séance de travaux dirigés, Agathe ne s'était pas assise à mes côtés. J'aurais pu renouer avec Andrea, partager avec elle les souvenirs qui me revenaient en tête, m'installer près d'elle à la cafète, à la bibliothèque, lui faire réciter ses cours, les retenir à mon tour. Mais je ne faisais rien de cela. Ma confiance en moi s'amenuisait.

Les lumières des réverbères s'éteignirent au lever du jour. Je retournai me coucher.

8

Alors que je ne l'attendais plus, Victor se décida à me rappeler. C'était la nuit, comme toujours. Il me demanda de le rejoindre chez lui. Je m'exécutai.

Nous étions nus, étendus dans son lit ; je lui racontai combien j'étais désormais libre, tout autant qu'il l'était, comme il n'attisait plus ma jalousie. Mensonges. Il regardait ma bouche parler, une main posée sur ma hanche, l'autre placée sous sa tête. Je lui dis Tu sais, moi aussi je rencontre des gars sur Internet. Il ne réagit pas immédiatement. Ou seulement d'un léger haussement d'épaules. Imperceptible.

Et Victor, qui multipliait habituellement les conquêtes et prétendait ne s'attacher à personne, délaissa, les jours suivants, toutes les autres à mon profit. Mais la dernière soirée que nous passâmes ensemble, il visionna devant moi la vidéo porno d'une Noire ligotée, pendue par les pieds. Un type lui cracha au visage. Elle haletait en tirant la langue ; l'on apercevait ses plombages. Je regardai Victor se branler ; comment étais-je supposée réagir ? Il m'ignora tout le reste de la nuit. Je ne dis rien ; il me quitta le lendemain matin, au motif que j'étais tour à tour collante, puis trop indépendante. On a toujours tort avec les hommes.

J'exigeai une explication de sa part. Il refusa de me la donner. Je l'attendis en bas de chez lui, il ne pouvait pas m'éviter. Quand il me vit, il entra dans une rage que rien ne parvint à apaiser, il me dit Pars !, hurla que nous étions séparés, Cette rupture, c'est toi qui l'as causée, ton comportement est impossible à pardonner !

Se moquait-il de moi ? J'avais tout sacrifié pour lui, des choses dont je ne pouvais pas lui parler, parce que je voulais lui plaire, parce que je voulais le garder. Il me demanda de me taire et me claqua la porte au nez en prétendant que j'étais instable et névrosée – Moi ? Instable et névrosée ?

Je restai plantée devant son immeuble. Il en sortit quelques heures plus tard au bras d'une jeune femme que je n'avais pas vue arriver. Cela me rendit folle. Je ramassai des marrons sur le trottoir et je courus vers lui en hurlant Connard ! Ils s'enfuirent main dans la main, à toute allure. Je lui jetai les marrons dans le dos.

Je ne vis donc plus Victor mais relevai la tête parce que j'étais vivante, tellement vivante que je me le répétai plusieurs fois par jour pour m'en persuader ; chercher à exister, avec ou sans lui, continuer. La brûlure qui me ravageait la gorge, qui m'empêchait de dire, de sourire, de crier, cette brûlure qui m'imposait le silence et la solitude, je croyais qu'elle était le prix de la liberté. Sans Victor, mon quotidien devint plus simple : je me connectais, je rencontrais. Je remplaçais un homme par des dizaines d'autres. J'allais en cours, aussi. Devant la bibliothèque, je surpris Agathe en pleine discussion, à propos de l'engagement politique de son frère. Je m'approchai, souriante, et me joignis à sa conversation : Ah oui, il est dans quel parti ? Elle fit semblant de ne pas m'entendre et s'éloigna de quelques mètres.

C'était brutal, mais n'importe qui aurait réagi comme elle à sa place ; si l'ancienne compagne de mon frère l'avait agressé en pleine rue, j'aurais peut-être, moi aussi, coupé les ponts avec elle.

9

APRÈS cette humiliante rupture, la vie me seyait mal. Je redoutais de reprendre le chemin de l'ordinaire, du quelconque, que mon existence redevienne banale et solitaire. Mes nuits devinrent encore plus courtes. Les journées se ressemblaient toutes. Et je n'aspirais plus qu'à m'oublier dans les bras d'étrangers.

C'est dans ce moment de vulnérabilité que je rencontrai Arnolphe, un proche d'OGP. À son contact, j'effaçai qui j'étais et tout devint bancal chez moi, tout ce qui ne l'était pas déjà : mes principes, mon organisation, ma vie sociale. Avec toujours en fond ce besoin de m'attirer l'attention des autres.

Chaque fois que les clients me proposaient de dîner avec eux, je facturais cinquante euros l'invitation au restaurant. Dans leur immense majorité, ils se pliaient à cette règle, mais il est vrai que certains tentaient de me rouler, proposaient de me rémunérer en paires de chaussures, en sacs, en chèques cadeaux ; tout était à leurs yeux matière à négocier. Je n'acceptais que l'argent. Et s'il arrivait que nous fassions connaissance autour d'un verre, s'ils souhaitaient poursuivre la rencontre le soir même à l'hôtel, je me montrais conciliante et déduisais les cinquante euros du prix de la passe.

David, qui s'était présenté comme un gars ordinaire, sans histoire, marié, père de deux enfants, m'inspira tout de suite confiance.

Je crus qu'il ne dépasserait pas les bornes.

Je crus qu'il aurait trop à perdre.

J'acceptai son invitation au Divellec, à l'angle de la rue Fabert et de la rue de l'Université.

Avant que je ne parte le retrouver, un miroir, dans les toilettes de la fac, me renvoya mon reflet. Je n'étais pas apprêtée, pas pomponnée, mes cheveux n'étaient pas démêlés ; cela ferait bien l'affaire. J'effaçai d'un revers de manche la trace d'encre qui tachait ma joue et je bondis sur un Vélib' lourd et gris pour slalomer entre les voitures, sur le boulevard Saint-Michel puis sur le boulevard Saint-Germain. Tu vis dangereusement, me dis-je en chemin.

Je posai le vélo sur la borne de la rue Las Cases et je marchai, marchai pour franchir l'esplanade des Invalides, cette grande étendue d'herbe traversée par des artères goudronnées. L'automne battait son plein, l'air embaumait le macadam mouillé. Je marchai les mains dans les poches, les muscles de mes cuisses se décontractaient progressivement. Et puis rien. Le Divellec était fermé.

Machinalement, je plongeai la main dans mon sac. J'y sentis mes écouteurs, mon manuel de droit civil, ma bombe lacrymogène et la lame glaciale de mon couteau.

Pas mon téléphone.

J'eus peur de l'avoir oublié à la bibliothèque ou de l'avoir égaré en chemin, je vidai le contenu de mon sac par terre, le retrouvai ; il s'était glissé dans une doublure.

L'écran m'indiqua qu'il était 21 h 10. J'attendis David dans la rue froide. C'était une rue classique du 7e arrondissement, haussmannienne, élégante, déserte et sans fantaisie. Je remis un peu d'ordre dans mon sac, jetai à la poubelle de vieux tickets de caisse, comptai le nombre de passants. Huit. J'eus vite la certitude que David m'avait posé un lapin. Cela me mit hors de moi. J'inondai son répondeur d'insultes. Ma soirée allait être gâchée.

Mon smartphone à la main, je fouillai dans ma messagerie, relus mes échanges avec différents prétendants pour me trouver un client de secours, pas tant par nécessité que par habitude, par peur de manquer. Je tentai d'appeler le dernier en date, un certain Philippe, me ravisai ; l'heure n'était pas raisonnable pour téléphoner à un homme marié. Et de toute façon, je ne voulais pas d'habitué : dès que je les avais vus nus, les clients me dégoûtaient. Pendant une éternité, il ne se passa rien. Rien, il n'y avait rien d'autre que mon pouls et mon souffle qui formait de la condensation. Rien d'autre que le bruit du vent et des pots d'échappement.

Autour de moi, le vide.

Et puis, une voiture noire aux vitres teintées s'approcha lentement.

Mon client, David.

Comme j'avais laissé des messages injurieux sur son répondeur, j'éprouvai le besoin de me justifier : on se faisait tant planter dans ce métier, enfin, dans cette activité occasionnelle, à force l'on démarrait au quart de tour. Il me dit Mon téléphone est déchargé, il y avait du monde sur la route et je n'ai pas pu vous appeler. Cela fait quelques semaines que le Divellec est fermé. En vous y donnant rendez-vous, j'étais sûr de ne pas vous rater.

Cette tentative de manipulation me rendit tout d'abord méfiante à son égard. Il m'expliqua qu'il n'avait pas eu le temps de s'arrêter au distributeur de billets, qu'il me règlerait évidemment après le dîner, et en repensant aux insultes qu'il découvrirait sur son répondeur, j'eus le sentiment de lui être redevable et j'acceptai.

Puis, avec en coin le sourire de celui qui mieux que moi savait comment s'achèverait ma soirée, il me proposa de monter à ses côtés, afin que nous trouvions un autre endroit où dîner. En chemin il me fit la conversation, me révéla qu'il s'appelait en réalité Arnolphe. Qu'au regard de sa profession, il se devait d'être discret et de ne laisser aucune trace de sa vie privée sur Internet. Et quand il me demanda mon prénom, quand il insista pour que notre échange soit le plus sincère possible, je prétendis que je m'appelais Laura. Il s'agissait d'un autre pseudonyme, et peut-être le plus crédible : toutes les filles de mon âge s'appellent comme ça.

Il me dit La terrasse du Café de l'Esplanade est ce soir peu fréquentée ; trouvons-nous une place, un coin au calme afin que nous puissions échanger. Autour de nous, quelques *afterworks* se prolongeaient ; chacun mettait en scène son bonheur dans des costumes impeccables. Un serveur vint à notre rencontre, Pardon monsieur, nous n'avons pas encore fait notre choix, alors il posa sur notre table une corbeille de pain et du beurre demi-sel. Sans un regard pour l'homme assis face à moi, je saisis une tranche de pain et la beurrai en silence avant de l'engloutir. Il commanda pour nous deux sans me laisser choisir, Salades Caesar, bouteille de vin, puis me posa des questions. Il me demanda si j'étais nouvelle dans la profession, si j'aimais mon activité, si je travaillais à mon compte. Sa fausse naïveté me parut déplacée : feignait-il d'ignorer les deux seules options qui se présentaient aux putes, l'indépendance ou le réseau mafieux ? Bien qu'agacée, je lui répondis avec complaisance. Pour ne pas le froisser.

Ma volubilité déplut à Arnolphe. Je crois qu'il me trouva trop familière ou trop à l'aise – quoi qu'elles fassent, les femmes en font continuellement trop. Il jeta autour de nous des regards furtifs, des regards qui me giflaient, qui me criaient son inquiétude d'être aperçu à mes côtés. Il scruta chacun des visages qui se trouvaient dans les parages, à la recherche sans doute d'une approbation ou d'une indifférence qui l'aurait rassuré. Face à ses craintes je fus perturbée, cessai de parler, jusqu'à ce qu'il rompe le silence et se penche vers moi en chuchotant Je suis connu, enfin je travaille pour quelqu'un de connu. Je ne souhaite pas me faire apercevoir en compagnie d'une, en compagnie de, enfin vous voyez. Cela n'a rien à voir avec vous ; c'est que je suis marié. Discutons, je vous prie, de choses et d'autres, faisons comme si vous étiez une journaliste en quête de *off* pour rédiger un article, un article au sujet de la campagne que je dirige.

Pour cette violence, pour ce mépris, je ne lui en voulus pas. Cela faisait partie intégrante de mon quotidien. Chaque fois que les clients se faisaient surprendre à mes côtés, ils inventaient des mensonges visant à légitimer ma présence. Je pouvais être leur nièce, leur stagiaire ou leur élève, toujours quelqu'un sans importance.

Arnolphe avait longtemps travaillé à la Banque de France. Il portait un costume austère, qui lui donnait des allures de haut fonctionnaire. Sa voix était douce, les traits de son visage mal dégrossis (d'aucuns lui auraient trouvé une vague ressemblance avec Pierre Moscovici). Il aidait son ami, un écrivain à la renommée internationale, à se lancer en politique, à remporter les primaires du Parti en vue de l'élection présidentielle. Il avait ses chances. Et pour le soutenir, il voyageait à travers la France, rencontrait des élus, arrivait tout juste de Perpignan où il avait pris un TGV bondé, grève oblige, dans lequel il était resté debout durant tout le trajet. À peine avait-il eu le temps de rentrer chez lui, de se changer, de prendre sa voiture, parce qu'il ne fallait pas pousser, qu'il était venu me retrouver. Tout, depuis qu'il avait commencé à travailler pour cette campagne, s'était passé beaucoup plus simplement qu'il ne l'avait imaginé. Les meetings, les sondages et les rumeurs, tout ce qui lui tenait tant à cœur se déroulait avec une perfection, avec un alignement des planètes qui conférait à la magie. Il avait cru un temps que son candidat serait pénalisé par ses affaires de mœurs, la presse ne s'était d'ailleurs pas privée de le lui rappeler, mais tout cela indifférait finalement les électeurs. Car OGP, Octave Germanopratin, Vous le connaissez ?, était un séducteur, et pour tout dire un tombeur, un *lover*, un dragueur de jeunettes qu'il lui arrivait de rémunérer, est-ce que je le savais ?

Oui.

J'avais même lu le début de son dernier roman, le début seulement, car il m'était tombé des mains, un ramassis de misogynie, ce qui à l'époque déjà, sans que je ne parvienne à le formuler, me mettait mal à l'aise. Bien entendu, je ne le dis pas. Je me contentai de répondre que je le connaissais, qu'il était l'auteur préféré de mon ex et que je savais qu'il rétribuait des femmes très jeunes.

Évidemment, reprit Arnolphe, tout le monde le savait, mais c'était leur chance à eux, les novices de la politique, ceux que l'on disait issus de la société civile, l'on acceptait leurs failles autant que leurs victoires, leurs travers autant que leurs défaites. L'ambiance était surchauffée partout sur leur passage, car Octave savait toucher les gens et maîtrisait les mots ; car sa seule présence au monde redonnait la foi à ceux qui l'avaient perdue.

Certains appellent ça du populisme.

Arnolphe appelait ça de l'héroïsme.

Sa tirade fut interrompue par le serveur, qui nous apporta nos plats et la bouteille. Arnolphe goûta le vin, m'en servit un verre, se remit à parler de plus belle. Et bien que silencieuse, je ne l'écoutais plus vraiment.

Je vis un groupe de jeunes s'installer autour d'une table non loin de la mienne. Après quelques minutes, il me sembla reconnaître la chevelure blonde d'Agathe. Je ne pouvais pas m'en assurer, par crainte de croiser son regard ou celui de ses amis. Je ne voulus pas qu'elle me voie, qu'elle se demande ce que je foutais là, qu'elle s'imagine que je l'espionne ou, pire que tout, qu'elle comprenne que je me prostituais. Si elle le disait à Victor, il ne pourrait plus jamais m'aimer, j'en étais persuadée, et cette idée éveilla en moi une tristesse infinie. Je regardai mon assiette et dissimulai mon visage de ma main droite.

Un Pakistanais passait de table en table pour vendre des roses à l'unité. Arnolphe l'écarta du revers de la main en disant Non, sans un regard, sans s'interrompre. Puis il attendit que le vendeur s'éloigne de quelques mètres, se pencha vers moi, s'assura de n'être écouté par aucune oreille indiscrète, et me confia en le désignant du regard : C'est encore une chance pour la France. Je ne compris pas immédiatement. Je ne voyais pas l'évidence. Le racisme. La violence.

Cette courte phrase qui me parut innocente jusqu'à ce que j'en perçoive l'ironie, cette courte phrase qui me parut ensuite indécente, personne d'autre que moi ne l'entendit. Personne, moi y compris, n'y réagit. Elle éveilla en moi une compassion prégnante. Et quand le marchand ambulant partit en souriant proposer ses roses à une autre terrasse, je le suivis du regard et le considérai comme un compagnon d'infortune digne d'un immense respect.

Arnolphe se tenait face à moi, le dos bien droit, une main posée sur la table. De l'autre, il tourmentait l'un de ses boutons de manchette. Il prit une grande inspiration, quelques secondes de réflexion, le temps que les mots remontent le long de sa gorge, puis il évacua le fond de sa pensée dans un souffle. Il avait honte de nos anciens et actuels dirigeants, honte du laxisme institutionnalisé de l'État, qui fricotait d'ailleurs avec le libéralisme depuis que l'on avait intégré l'Europe, Schengen, et d'autres milieux interlopes.

Il se donnait du mal pour changer le monde.

Il y parviendrait.

Il dit qu'il me respectait, et même qu'il me plaignait, moi qui galérais pour m'en sortir, et dont il supposait la situation précaire ou difficile. Il faisait ça pour les personnes comme moi, il s'engageait pour les petites gens que tout le monde oubliait à chaque fois. Puis il pesta contre les féministes, ces harpies qui portaient préjudice aux, qui portaient préjudice à, disons, aux filles libérées comme moi.

Je ne le contredis pas. Mon silence, ce soir-là, c'était une humiliation qui en cachait une autre. Une humiliation décuplée par une autre. Car c'était une chose que de faire semblant d'apprécier la compagnie d'un militant d'extrême droite ; c'en était une autre que de fermer ma gueule et de le laisser dire face à moi comme si de rien n'était. Simplement pour exister. Pour quelques billets. Ou parce qu'il m'évoquait la version adulte des étudiants auxquels je rêvais d'être assimilée.

Arnolphe voulut en savoir davantage à mon sujet, que je lui parle de ce que j'aimais, de ce qui me touchait ou m'intéressait. Je m'en tins au scénario qu'il m'avait imposé en début de rencontre : je m'appelais Laura, j'avais vingt ans et je faisais un stage dans une rédaction. Ce drôle jeu de rôle, qu'il prit pour un trait d'humour décalé, empêcherait Arnolphe de m'identifier, de connaître ma véritable identité ou de m'attendre à la sortie de la faculté.

Et le dîner s'éternisa.

Il me parla des heures.

Rien au cours de cette soirée ne se déroula conformément à mes rendez-vous antérieurs. Il fit devant moi des commentaires qui m'humilièrent et qui aujourd'hui me feraient sortir de mes gonds, mais auxquels je ne réagis pas.

La nuit était douce.

Le vin était bon.

Il me dit que je gagnerais à m'engager en politique, que notre pays avait besoin de jeunes intelligents pour aller de l'avant, qu'il connaissait d'ailleurs un excellent militant, un jeune métis – Preuve que l'on n'est pas raciste – qui s'appelait Victor. Il me dit qu'il était bourré de talent autant que d'ambition, et qu'il irait loin.

Victor.

Entendre son prénom dans un contexte prostitutionnel me transperça le cœur – d'autant plus que j'étais certaine d'avoir aperçu sa sœur. Je redescendis sur Terre, voulus hurler, disparaître ou me fondre dans le bruit environnant, mais je parvins à me contenir et souris en disant Peut-on changer de sujet ?

Arnolphe, qui perçut mon malaise, eut la courtoisie de ne pas m'en demander la cause – à moins que ce ne soit de l'indifférence. Et lorsque l'on termina la bouteille, alors qu'il me jetait des regards concupiscents, j'éprouvai à son égard des sentiments mêlés. Je l'observais longuement. Il transpirait du visage, surtout du front. Je me demandai s'il était encore un être humain ou bien une bête, lui qui achetait ma compagnie mais prétendait vouloir me sauver. Il me débectait autant qu'il m'impressionnait, par son aplomb, son assurance. Je lui souris.

Son téléphone vibra. Il en consulta l'écran, m'offrit une moue embarrassée avant d'écourter notre soirée : Je suis sincèrement navré, mais une urgence vient de tomber ; je dois partir travailler. J'espère bien entendu vous revoir. Arnolphe disparut au fond du couloir, dans le restaurant, pour régler nos consommations. À son retour j'attendis qu'il me verse un pourboire, un dédommagement, mais il me tendit sa carte de visite en disant Voici mes coordonnées, acceptez-vous de me communiquer votre numéro ?

J'ignore encore s'il s'agissait d'une volonté de sa part, produit d'un calcul savamment réalisé, ou bien d'un simple acte manqué : il ne me paya pas. Parce qu'il était pressé, qu'il connaissait Victor et côtoyait des gens haut placés, je ne parvins pas à lui réclamer l'argent qu'il me devait. Et de retour chez moi, je me dis que j'avais perdu ma soirée.

10

Le lendemain, j'arrivais à la faculté sans mesurer, dans un premier temps, l'ampleur des ravages causés par mon comportement. Mais les difficultés n'apparaissent jamais seules, je l'ai maintes fois constaté, et au manque d'argent, à la rupture imposée par Victor, à cet Arnolphe qui m'avait fait perdre mon temps, s'ajouta la mise à l'écart des autres étudiants. Je l'avais éprouvée quelques jours auparavant; elle s'intensifia. J'avançai la tête haute, comme à l'accoutumée, avec ce semblant d'assurance que j'avais cru faire mien. Je saluai en chemin quelques visages familiers, qui m'adressèrent en retour une moue embarrassée. Dans un couloir, une discussion s'interrompit à mon passage. À peine entendis-je qu'il était question de jet de marrons, puis quelques rires étouffés. Agathe détourna le regard et m'ignora complètement. Je ne pus tordre l'évidence plus longtemps; elle me ridiculisait aux yeux de tous. Sa popularité ne tenait qu'à cela: à l'argent de ses parents, bien sûr, mais avant tout au sentiment de puissance qu'il lui conférait. Et à cet âge pavlovien, devenir la risée d'Agathe et de ses amis me déchira. Elle parlait forcément de moi avec son frère Victor. Je n'imaginais pas qu'il soit possible de vivre une pire disgrâce.

Et je me revois durant les travaux dirigés, toujours seule assise sur une table de deux, la tête baissée, rongée par les remords. Pourquoi avais-je jeté des marrons dans le dos de Victor ? J'aurais voulu remonter le fil des événements et me laisser quitter dignement, faire preuve de maturité, lui suggérer que l'on reste bons amis. Il était trop tard.

L'enseignant proposa un cas pratique juridique afin de nous confronter au réel, ou à l'image que l'on s'en faisait. Je n'écoutais pas, je ne pensais qu'à moi, et lorsqu'il prononça mon nom pour m'interroger, je me redressai, silencieuse, et le regardai.

Il me fixait.

Le contact visuel s'étira au-delà des convenances dans un cadre pédagogique et depuis le fond de la classe, il me sembla entendre une voix s'élever : Ça va ? On ne vous dérange pas ?

L'enseignant, qui eût pitié de mon ignorance, ne releva pas et interrogea une autre étudiante. Je baissai les épaules dans un soupir de soulagement. Si j'aspirais, en temps normal, à me faire remarquer, j'aurais préféré disparaître ce jour-là, pourvu que l'on cesse de pointer tout ce qui n'allait pas chez moi, mes réactions inappropriées, parfois. Et durant l'heure et demie qui me séparait de la sortie, j'imaginais les autres, leurs commérages médisants, j'amplifiais leurs propos malveillants qui me dévastaient.

Des jets de marrons ? Quelle idée !

Lila est folle à lier.

Tu crois qu'elle va sucer le chargé de TD pour valider ?

Elle en serait bien capable, il paraît qu'elle se fait sauter par le premier venu au Silencio.

Où ça ?

Un club privé pour gens friqués.

Et elle se fait payer ?

Ça ne m'étonnerait pas. De toute façon, elle n'est bonne qu'à ça.

Comment rester digne en entendant ces voix ? Je retins mes larmes et affichai un air concentré afin de cacher le labyrinthe de mes pensées. L'on me retirait tout ce qui m'avait été donné. Depuis, j'éprouve continuellement la peur de perdre ou de manquer – une peur qui était déjà ancrée en moi et qui ne fit que s'accentuer. À la fin du cours, je cherchai un endroit où me réfugier. Ma première idée concerna ma mère. Je pensais tout d'abord au ménage qu'elle devait faire, à cette heure-là, chez ses clients, des familles qui possédaient tant d'argent qu'elles déléguaient le quotidien à des femmes comme elle.

J'hésitai à l'appeler.

J'hésitai à aller vers elle.

Je craignis que cette démarche me fasse retomber du côté des pauvres, de ceux que l'on ne voit pas, qui n'existent pas. Qui captent *Al Jazeera* grâce à des cintres sur le toit, qui utilisent le forfait International pour téléphoner au bled, et à qui une vie entière ne permet pas de se défaire d'un accent prononcé.

Mais plus que tout, j'aspirais à retrouver mes repères, que ma mère s'occupe de moi. J'attrapai mon téléphone, je l'appelai. Elle décrocha immédiatement.

Je lui dis Je rentre ce soir, maman.

11

Métro blindé, tourniquet, train de banlieue. Coller mon visage à la vitre et fermer les yeux. M'épargner le défilé de cités, d'immeubles à perte de vue, entrecoupés de zones industrielles désaffectées ; je connaissais déjà. Et tandis que le train avançait, sans ouvrir les yeux je priais pour retrouver la voie de l'enfance, celle de l'insouciance, je feignais de croire que ce séjour me le permettrait.

Ma mère ne vint pas me chercher à la gare ; je fis seule le trajet à pied, je traversai la ville jusqu'aux grands ensembles excentrés. Toutes les cinq minutes un avion décollait, chaque passage générait un courant d'air qui me giflait, un bruit qui m'éclatait les oreilles. Comment avais-je pu oublier ce vacarme qui m'avait été familier ? La cité était implantée sous les couloirs aériens de l'aéroport de Roissy. Depuis deux mois je me donnais du mal pour devenir une autre, pour adopter une attitude de Parisienne et de fille bien élevée – jusqu'à oublier l'endroit d'où je venais.

Je sonnai à la porte de mon ancien appartement, avec en bouche déjà un arrière-goût d'erreur. Quand ma mère m'accueillit, mon cœur bondit dans ma poitrine ; je la trouvai si frêle et empotée que j'aurais pu passer à côté d'elle sans la reconnaître. Je lui souris.

Je traversai dans l'ombre le couloir, pénétrai dans la cuisine, appuyai sur l'interrupteur. L'ampoule fixée au plafond éclaira les carcasses de casseroles, la poêle sur le feu pour cuire les steaks. Nous étions pourtant vendredi, le jour du *seksou*, c'est-à-dire du couscous ; je m'étonnai que ma mère déroge aux traditions familiales. Des détritus et des vêtements entassés dans les coins réduisaient la surface de la pièce, tout était dégueulasse mais je feignis de ne pas le remarquer.

— Fais pas attention, me dit-elle gênée, je n'ai pas eu le temps de ranger.

— Aucun problème.

Durant le dîner je regardais ma mère comme si je la voyais pour la première fois, en lui témoignant une affection silencieuse que j'étais incapable d'exprimer verbalement. Elle me demanda :

— Alors la fac, comment tu t'en sors, dis-moi ?

— Pas si mal. Le droit, je suis vraiment faite pour ça.

Je mentais avec facilité. Ma mère voulut tout savoir de ma vie étudiante, des noms de mes enseignantes, des intitulés de mes matières et de mes résultats. Je jouai mon rôle à la perfection : je croulais sous les devoirs, je travaillais du matin au soir, il me restait peu d'occasions de venir la voir. Au demeurant, j'étais ravie de passer le week-end avec elle pour me changer les idées mais mon séjour serait de courte durée, puisque je reprenais les cours dès le lundi après-midi. Ma mère me dit en hochant la tête Évidemment, la fac, c'est ta priorité maintenant.

Elle me demanda quelle spécialité j'avais l'intention de choisir, est-ce que je m'intéressais aux droits de l'homme ? Au droit des étrangers ? Ni à l'un, ni à l'autre. Je préparerai les concours les plus difficiles, affirmais-je avec emphase, pour devenir magistrate ou commissaire de police. Ma mère siffla en coupant le pain : que sa fille devienne fonctionnaire, c'était la quintessence de la réussite.

M'inventer cette vie de travailleuse appliquée, d'étudiante concentrée, m'arrachait à mon existence moisie, m'arrachait à cet étroit logis dans lequel je dînais : un deux pièces en bordel, une salle à manger presque pas meublée, un lit une place en guise de canapé. Bien entendu, je ne croyais pas tout à fait à ce que je racontais, je savais qu'une tranquillité d'esprit était nécessaire à la réussite de ces concours, et je voyais bien que cette tranquilité me faisait défaut. Mais en me projetant de la sorte, je croyais repousser l'échec qui me menaçait.

Après le repas je débarrassai la table avec ardeur, je lavai la vaisselle et invitai ma mère à se reposer. Je trouvais un plaisir douloureux à faire semblant d'être celle qu'elle aurait vraiment aimée.

Dans ce qui fut autrefois ma chambre je vis, posé sur une étagère, l'un de mes anciens cahiers de texte. Sous la fine couche de poussière, une écriture délavée indiquait Lila, 6e A. Je m'installai en tailleur par terre et j'en tournai chaque feuille en la lissant de mes doigts, j'effleurai les nombreux mots d'Andrea. Je lus les paroles de chansons qu'elle avait inscrites de ses lettres rondes, larges et généreuses, je redécouvris les titres qui nous étaient chers à l'époque, *Elle est à toi* d'Assia (culpabilisation des mères célibataires pas suffisamment sacrificielles), *Sans (re)père* de Sniper (hymne des enfants issus de pères démissionnaires) ou encore *Lady Marmalade* et son mythique « *Voulez-vous coucher avec moi ce soir.* »

Je compris des années après la signification des chansons que j'adorais enfant, lorsque je me pensais adulte, alors que je n'avais que onze ans. Cela éveilla en moi un malaise difficile à qualifier, mélange de mélancolie et de joie pour ce que nous avions partagé. Je reniflai mais je ne pleurai pas, il ne restait rien à pleurer. J'arrachai une à une ces pages, je les réduisis en de minuscules morceaux, les regroupai en tas et les cachai dans la poubelle, derrière les pieds du petit bureau. Faire disparaître le passé et aller de l'avant.

Plus tard dans la nuit, étendue dans ce lit qui avait été le mien, lovée sous une couette rouge que je connaissais bien, je ressentis une nouvelle fois de la honte. Elle m'enveloppa de sa texture épaisse, gênante, elle me serra et elle me dit Lila, Lila reprends-toi. Tu avais la vie devant toi, franchement tu avais le choix, et au fond tu sais que tu n'as pas fait le bon. Tu espérais t'éloigner de ta mère et devenir son contraire, tu parles. Tu t'obstines comme elle à transformer ton existence en calvaire. Mais je ne voulais pas entendre la voix obsédante de la honte, je n'avais d'ailleurs rien à me reprocher, rien pour justifier cette masse dans la gorge qui m'empêchait de respirer. Je regardai la honte dans les yeux, je l'affrontai, je l'amoindris, elle devint un petit nuage qui se dissipa, elle devint néant. Je lui dis Laisse-moi, maintenant.

Le lendemain matin, je reçus sous la douche un appel d'Arnolphe. Dès que je m'en aperçus, je m'installai sur la cuvette des toilettes, enroulée dans une serviette de bain. Je réfléchis ; avais-je envie de le revoir ? Sans conteste, oui. Il me devait de l'argent. Il m'impressionnait. Il connaissait Victor. Mais le week-end chez ma mère n'était pas un moment propice pour me consacrer à cet homme. Je l'éconduis poliment en lui écrivant Pas maintenant, je ne peux pas te parler. Aussitôt il me répondit Dommage, j'aurais bien aimé.

Je ne bougeai pas.

Fixai l'écran de mon téléphone, nue sous ma serviette, de mes cheveux mouillés tombaient des gouttelettes, qui se regroupaient en une flaque sur le lino de la salle de bains. Je cherchais un mot d'esprit, quelque chose de percutant à lui écrire.

— Lila !

Ma mère voulait emprunter les toilettes, elle aussi.

— Pardon. Je me dépêche.

Je demandai à Arnolphe de me rappeler à 20 heures.

Peu avant l'heure de mon rendez-vous téléphonique, je quittai ma mère, prétendis que j'allais faire une course, que j'allais, Oui, c'est cela, acheter des pizzas. Le pouls de l'interdit battait dans mon sexe tandis je sortis pour appeler, avec la pizza comme prétexte.

Je marchai à travers les allées de la cité, des lignes perpendiculaires aux noms d'aviateurs, allée Saint-Exupéry, rue Hélène-Boucher, avenue Louis-Breguet ; tout me paraissait tracé à la règle et à l'équerre. Les avions décollaient toujours toutes les cinq minutes et à chaque envolée une bouffée d'air froid me frappait le visage et faisait exploser mes tympans ; le couvre-feu aéroportuaire n'était jamais respecté par les compagnies aériennes. Je m'arrêtai un instant sur la place Rolland-Garros, la balayai du regard et reconnus un lieu qui m'était familier.

L'abri de bus.

Pour m'y réfugier, je longeai le terrain-vague désaffecté où vivaient autrefois des familles de gitans. Elles avaient été délogées quelques semaines auparavant. Je réalisai que nous avions habité face à face des années, sans jamais nous être côtoyées.

L'arrêt de bus avait été renommé Adrienne Bolland. À part cela, il n'avait pas changé : impossible de s'asseoir sur le banc, arraché depuis des mois, toujours pas remplacé, mais au moins pouvais-je m'y protéger du vent. Le froid m'enlaçait. Il s'incrustait sous ma peau ; j'étreignis mon corps à travers mon manteau comme je l'avais fait des milliers de fois, parce que l'on s'habitue à l'attente dans le froid quand on vient d'un quartier où les trains ne passent pas, où les bus se font si rares qu'il vaut mieux ne pas les manquer, où il faut tout prévoir, arriver en avance et surtout patienter. Je repensai à cela et une explosion de souvenirs me revint en tête : les quelques matins où j'avais ici-même raté le bus de sept heures et demie. Je ne pus retenir un rictus en me revoyant courir avec Andrea, nous faisions les pitres, poursuivions le bus et hurlions au chauffeur les répliques du clip de *Moi... Lolita* :

— Attends ! Attends ! Je voulais savoir... je voulais savoir si tu m'aimes. Parce que... je t'aime !

— T'as pas deux cents francs ?

Mon téléphone vibra dans la poche de mon manteau, il rompit le silence qui résonnait autour de moi ; je décrochai.

Arnolphe n'avait rien de précis à me dire. Il passait le week-end seul dans une chambre d'hôtel de province, il avait eu envie de me parler, sa femme était sur le point de le quitter, il se sentait délaissé. À aucun moment il ne s'intéressa à moi, cela me frappe désormais, au même titre que mes réticences à lui réclamer l'argent qu'il me devait pour le dîner. En n'ayant pas formulé ma demande à la première occasion, je croyais avoir renoncé à toute possibilité de le faire ultérieurement. Mais je pensais que cela jouerait en ma faveur. Car pour définitivement quitter ce quartier pourri dans lequel je me cachais pour téléphoner, j'avais besoin d'un appui. Arnolphe serait cet appui. Il me révélerait des informations à propos de Victor. Il me permettrait de me transformer, de m'améliorer et de le reconquérir. C'est pourquoi j'acceptai de le laisser entrer dans ma vie.

À l'issue de cet échange, une heure après être sortie, je rentrai chez moi, enfin chez elle, prétendis que la pizzéria était fermée, que j'avais beaucoup marché, que je n'avais rien trouvé. Fermée un samedi soir ? s'étonna ma mère. Elle me tapait sur les nerfs, peut-être se doutait-elle de quelque chose, peut-être commençait-elle à sentir que sa fille n'était que mensonges, que plus le temps passait et plus je lui cachais qui j'étais. Elle prépara des pâtes pour le dîner, la tête me tournait tant que je prétendis n'avoir pas faim, me contentai d'un yaourt et m'enfermai à clé dans ma chambre. Alors ma mère se mit en colère, elle tambourina à la porte et elle hurla Parle-moi, *men fadlek*, parle-moi ! Dis-moi des choses, je ne sais pas ! J'ai croisé la grosse Portugaise l'autre fois, sa fille étudie aussi le droit, elle donne des nouvelles à sa mère, Andrea !

J'aurais aimé parler à ma mère mais les mots ne me venaient pas. Alors je persistai dans mon mutisme et m'allongeai en chien de fusil dans mon lit. Je l'entendis sangloter. Affirmer que sa vie était ratée. Je ne pouvais pas la contredire.

Et quand, avant de m'endormir, je me connectai rapidement sur ma messagerie, je lus Bonjour Fleur, peut-on se voir lundi matin avant 10 heures ? J'acceptai et rentrai à Paris le lendemain, dimanche, avec le premier train, pour échapper à ma mère.

12

Dès l'instant où l'on devient pute, dès lors que l'on privilégie le bien-être d'autrui au détriment de soi, l'on fréquente de moins en moins de monde, l'on n'a plus de vie sexuelle propre. L'on ne couche que pour de l'argent, parfois par politesse. Je sentais bien que ma vie changeait.

Ce client, un dentiste, me recevait dans son cabinet avant l'ouverture – juste une heure, en échange de cent cinquante euros et d'un détartrage. J'avais une nouvelle fois bradé ma prestation, ce qui était contraire à mes engagements, contraire aux promesses que je m'étais faites, contraire à ce en quoi je croyais encore. J'y trouvais pourtant mon compte : il m'accueillait en début de matinée à proximité de mon domicile, ce qui m'assurait d'être rentrée chez moi avant midi. Je n'avais pas immédiatement besoin d'argent – le loyer était déjà réglé, les factures également. Mais j'en voulais toujours plus. À titre préventif. Au cas où.

Salamalecs habituels, sourire coincé, pincement de lèvres, clignement d'yeux. Sur le canapé de la salle d'attente, il s'assit près de moi et me lécha l'intérieur de l'oreille dans un bruit de ventouse. J'avais horreur de ça ; il ne le savait pas. Je crachai dans ma main et m'apprêtai à lubrifier ma chatte en me penchant machinalement en avant, prenant appui sur une table basse surmontée de revues destinées aux personnes âgées. Il m'en empêcha, me souleva et me porta sur son épaule, jusqu'à la salle de consultation où il m'allongea sur le dos.

Comme les néons blancs m'agressaient les yeux, je tournai la tête et remarquai la présence d'un cadre accroché au mur. Sur la photo, le dentiste apparaissait debout, bedonnant, aux côtés d'une femme de son âge et de deux enfants. Cette vision d'horreur, puisque ce bonheur n'était pas le mien, ce tableau racoleur, cette comédie qui rassemblait ce que je ne méritais pas fit gronder en moi le tonnerre, une immense colère. Et tandis qu'il me sautait comme un taulard, tandis que son attention tout entière se concentrait sur sa jouissance de mâle, je me dis qu'il tentait de me narguer avec son bonheur et sa réussite sociale. Du dégoût. C'est ce qui me revient quand je pense à lui.

Si habituellement je ne chronométrais pas mes rendez-vous, si un tête-à-tête d'une heure débordait souvent de quarante-cinq minutes, je partis cette fois à l'heure prévue et ne m'éternisai pas.

Je me jetai à corps perdu dans le boulevard de Clichy en direction des Abbesses, seule dans la foule, et traversai le torrent à contre-courant. Un badaud me repéra, il s'avança vers moi pour me parler, je fis un pas de côté pour m'en éloigner. Il me rattrapa et me dit S'il te plaît, un p'tit sourire, ça m'ferait plaisir. Je levai les yeux et regardai l'homme qui avait prononcé ces mots ; il ne ressemblait à rien. Il avait une vilaine peau, un regard de chien. Qu'espérait-il en s'adressant à moi ? Que je lui sourie sans doute, et c'est là le drame commun à nombre de femmes : l'on attend d'elles, de toutes, qu'elles se plient en quatre pour satisfaire le moindre quidam, qui confond ses désirs avec des vérités générales. S'il veut que la femme sourie, il faut que la femme sourie, et lorsqu'il l'interpelle il ne peut la déranger puisqu'elle n'a pas d'existence propre en dehors de lui, lui l'égocentré phallocrate qui ne parle que de lui, qui ramène tout à lui, qui ne pense qu'à son petit plaisir dans la vie sans se demander s'il importune son interlocutrice, dont il attend disponibilité et éternel renoncement. L'homme est un encombrant.

Je poussai le mien contre une benne à ordures et je le fuis en courant.

Dans le square Jehan-Rictus, une dizaine de touristes russes et japonais photographiaient le Mur des Je t'aime, qui reproduisait 311 *Je t'aime* en 250 langues. J'en fis le tour deux fois, prétendant être absorbée dans mes pensées, alors que je scrutais les couples de touristes. Je m'assis sous un cerisier en parure d'automne qui m'évoqua une chanson (*Dans son nouveau décor Montmartre semble triste et les lilas sont morts*). Un père tenait les mains de son jeune enfant et lui apprenait à marcher. Je réalisai que le mien avait complètement disparu de ma mémoire. Je l'avais pourtant connu mais il ne m'en restait rien, aucun souvenir de mes très jeunes années à ses côtés, pas un moment, pas un lieu, pas une phrase. Cela ne me rendit pas triste, juste étonnée. Puis je repensai à ma mère que j'avais quittée la veille, je revis ses grands yeux noirs qui me fixaient, elle me jugeait, et quand elle ouvrit la bouche pour me parler, elle prononça ce mot pour me désigner : *hchouma*. Mon corps en trembla.

Dans ma studette sur la butte Montmartre, face au Sacré-Cœur, je m'avachis sur mon lit pour écrire un message à mes sœurs, à mes consœurs, à mes amies de la putosphère. Quelques phrases dénuées de sens, sans grande importance, une succession de lieux communs sur la famille et le bonheur conjugal. Des idées tournaient en boucle dans ma tête alors je les partageai, des choses comme Je ne sais pas gérer la solitude liée à notre activité. J'ai l'impression que plus j'exerce et plus je me coupe de la vraie vie, et donc plus j'exerce. J'ai quitté ma famille, puis j'ai quitté un amant mais je n'en rencontre pas d'autres. Je n'ai personne à qui m'attacher. Est-ce ce que l'on appelle la souffrance au travail ?

Grisélidis_R me répondit que les couples de mes clients étaient superficiels, des couples de façade prenant appui sur une femme à l'existence sacrificielle. Elle dit que le couple hétéronormé induisait un rapport d'esclavage, elle employa ce mot, elle dit que l'homme exploitait sa femme dont il attendait ménage, lavage, nettoyage, droit de cuissage. Que quand la femme était trop fatiguée pour le satisfaire, ou qu'elle n'avait plus envie de lui à force de le voir ne rien faire, il s'en allait baiser ailleurs et nous rétribuait. Elle dit, Le sort des femmes en couple n'est pas enviable, le nôtre, tu sais, l'est bien davantage puisque nous pouvons compter les unes sur les autres. Butchette à son tour intervint : Tu prétends te couper de la vraie vie, mais tout ce que tu fais avec les clients, tout ce que tu nouEs confies chaque fois que tu nouEs accordes ta confiance, cela appartient à ta vraie vie. Les hommes que tu côtoies, ceux-là même qui prétendent mener une double existence et s'encanaillent à peu de frais, ils ne vivent en réalité pas, ou seulement une vie médiocre et remplie de mensonge. Alors que la tienne est belle, la tienne est riche, tu sais que tu peux compter sur nouEs.

Candice était si peu loquace sur le forum que je n'avais jusqu'à présent pas connaissance de son existence. Elle m'adressa un message privé pour me signifier qu'elle était passée par cet état qu'elle nommait dépression, et qu'il n'était en réalité aucunement causé par notre profession : Candice aimait son métier, oh oui, plus que tout elle l'aimait, et elle savait désormais que ce qui la rendait triste n'était que le stigma dont les putes souffraient. Je fus stupéfaite par cette analyse que je trouvai d'une incroyable justesse puisqu'elle me rassurait. Candice me proposa de la rencontrer ; j'acceptai volontiers. J'étais en quête d'une nouvelle amitié.

Butchette, Candice, Grisélidis_R et les autres, toutes ces femmes dont j'ignorais la véritable identité me donnaient la force d'avancer. À travers leurs nombreux échanges, elles m'apprirent des choses sur la vie, sur les bêtes, et tant de vérités sur l'ordre du monde. La haine des hommes de Butchette. Le communautarisme sororal de Grisélidis_R. Le militantisme de Candice. Le refus absolu de la honte. La nécessité de garder la tête haute.

Elles m'apprirent en outre que les putes disposaient de nombreuses compétences ; si elles n'avaient souvent pas fait d'études supérieures, c'était par manque de chance. Pas nées au bon endroit. Mauvaises rencontres. Violences sexuelles dès l'enfance. Chocs post-traumatiques. Dans leur immense majorité, elles étaient très instruites et pouvaient parfaitement faire autre chose. Mais elles étaient trop blasées pour cela.

Et pour cause. Côtoyer des clients, feindre un intérêt quelconque pour de pauvres types, tout cela rend nerveuse, en colère ou très apathique. C'est à cette période qu'est née en moi cette haine qui ne pouvait que grandir. Je n'imaginais pas un jour parvenir à m'en sortir.

13

Je vous parle d'un temps où les bars à hôtesses, interdits à la clientèle féminine, avaient encore pignon sur rue dans certains quartiers de Paris. Je vous parle d'un temps où pour défendre leur activité, une dizaine de prostituées manifestait avec des parapluies contre le délit de racolage passif initié par la loi Sarkozy. Je vous parle d'un temps où une association ukrainienne infiltrait le Salon de l'érotisme au Bourget, et dont les militantes, les Femen, hurlaient SEXISME ! SEXISME !, devant une actrice terrorisée qui sur-le-champ cessa de s'effeuiller. J'assistais aux balbutiements d'une société qui se réinventait, d'un monde dans lequel toutes les communautés se combattaient et s'opposaient. Mais cela, je le compris plus tard ; à cette époque, je ne suivais pas l'actualité et quand bien même, les prises de conscience et les altercations, les déflagrations à venir, peu de personnes auraient été en mesure de les prédire.

Candice était pourtant de celles qui voyaient ce nouveau monde arriver. Elle prenait de l'avance sur moi alors que nous étions nées la même semaine de la même année, alors que nous aurions pu nous vouer l'une et l'autre à une même destinée – l'avenir me prouva que j'avais eu tort de le croire.

Elle m'avait donné rendez-vous au McDonald's de la place de la République ; à mon arrivée, elle sortait des toilettes en s'essuyant le nez. Candice était la seule rousse du restaurant, je l'identifiai instantanément, marquai toutefois quelques secondes d'hésitation avant de la rejoindre, afin de m'assurer que je n'étais pas dans l'erreur. Il faut dire qu'elle était habillée n'importe comment ; un sarouel vert, un sweat à capuche, des Doc Martens, pas conforme à ce à quoi je m'attendais – maquillage, talons, décolleté, j'étais pleine de stéréotypes sur l'apparence des prostituées, alors que moi-même je portais des vêtements de fille de bonne famille, un slim Courrèges, un pull en cachemire. Dès qu'elle m'aperçut Candice me sourit, sautilla et m'adressa un grand geste de la main pour m'inviter à m'approcher.

J'avançai la tête baissée, les mains dans les poches, en trainant des pieds.

Quand elle me fit la bise, elle caressa ma joue de sa peau laiteuse et teinta notre rencontre d'un érotisme qui ne m'était plus familier. Je saisis l'instant et me laissai envelopper par cette volupté. Je m'installai face à elle qui s'agitait, face à elle qui ne cessait de me parler, je me taisais et regardais les taches de rousseur danser autour de ses yeux bleus. À mon tour je lui souris ; pour la première fois, j'avais la possibilité d'évoquer mon quotidien de vive voix avec une personne qui, je le croyais, menait la même vie que moi.

Mais très vite, la culture politique de Candice me troubla ; tout était pour elle matière à revendication. Elle était pute, certes, et à mon grand étonnement elle se disait fière de l'être, cependant elle se considérait avant tout comme une *travailleuse du sexe* – elle militait d'ailleurs pour l'utilisation de cette expression.

— Quelle différence ? lui demandais-je, inculte.

— La différence, m'expliqua-t-elle en prenant appui sur ses avant-bras, c'est que le mot *pute* est utilisé pour nous définir tout entières alors qu'il ne devrait désigner que notre activité. Je suis une pute quand je travaille, c'est un métier difficile et exigeant, qui requiert un certain nombre de compétences morales face à un client – capacité à prendre sur soi, à masquer son dégoût parfois, à faire croire que les banalités qu'il débite sont intéressantes, *et cætera*. Or quand je rentre chez moi, ou quand je suis avec des amies, comme ici avec toi, je suis juste Candice et je ne travaille pas.

Elle se tut et coupa en deux le Big Mac qui était posé sur la table. Elle m'en tendit une part que je déclinai poliment.

— Tu es végane ou tu cherches à perdre du poids ? me demanda-t-elle en fronçant les sourcils, alors qu'elle-même ne touchait pas à la moitié qu'elle avait conservée.

— Ni l'un ni l'autre. Je n'ai pas faim.

Candice émit un soupir de soulagement. Après m'avoir expliqué qu'il était essentiel que je ne fasse pas de régime pour me respecter, elle se lança dans une litanie contre le patriarcat (mot que j'entendis pour la première fois), car le patriarcat, ce système oppressif, poussait les femmes à maigrir, à ne jamais s'imposer, à obéir et surtout à être bonnes à marier. Il regroupait tout ce que Candice combattait.

Cette fille me fascinait. Elle était mue par une puissante volonté, une motivation qui la dépassait, un désir de tout péter qui me faisait défaut. J'eus l'idée de m'en inspirer, de me laisser imprégner par son existence comme je le faisais autrefois avec l'expérience d'Andrea – un moyen de cacher la fille que j'étais, impossible à aimer, sans personnalité, je me détestais alors je l'interrogeai, elle qui se tenait face à moi : comment s'y prenait-elle pour combattre le patriarcat ?

La réponse à cette question tenait en deux mots qu'elle chuchota dans un sourire amusé tout en se penchant en avant :

Elle baisait.

Candice baisait avec ses clients. Elle baisait aussi avec ses amants : les officiels – avec lesquels elle entretenait des relations polyamoureuses – et les officieux – une poignée de clients réguliers auxquels elle aimait faire plaisir de temps en temps, puisque leurs épouses ne les satisfaisaient plus depuis un moment.

Et pourquoi leurs épouses ne voulaient-elles plus les satisfaire ? Cela, Candice l'ignorait. Comment lui reprocher sa candeur, elle qui n'avait comme moi que dix-huit ans, elle qui croyait inventer le fil à couper le beurre, alors qu'elle tombait dans le plus grand piège de tous les temps : celui que des hommes plus âgés, depuis des millénaires, tendaient à des gamines esseulées, vulnérables ou en manque d'attention. Nous étions trop immatures pour le comprendre. En se prostituant, Candice pensait tirer profit de sa supériorité, de son avance sur les autres en matière de sexualité – elle avait été initiée aux plaisirs de la chair à l'âge de onze ans. Encore plus tôt que moi. Personne ne nous avait jamais dit que nos parcours étaient d'une triste banalité, nous aurions de toute façon été incapables de l'entendre. La seule chose qui m'importait alors était l'immense liberté avec laquelle elle menait sa vie, en envoyant balader les conventions et toute forme d'oppression. Candice le disait haut et fort, elle s'émancipait des hommes au moyen de la prostitution, et je trouvais cela fabuleux. Nous discutions ainsi pendant des heures, dans un enthousiasme presque enfantin, je laissais s'emballer mon cœur et m'éloignai de la vie triste de ma mère.

J'étais fière.

Et je souriais si fort que cette fierté devait se lire sur mon visage.

Candice me demanda si j'avais un client régulier, un client avec lequel j'aurais noué un lien particulier, un client devenu ami, amant, ou qui me prêterait son logement.

Je n'entretenais de telle relation avec aucun de mes clients, mais instantanément mes pensées s'orientèrent vers Arnolphe. Parce qu'il me devait de l'argent. Parce qu'il était puissant et qu'il aurait pu, pensais-je alors, me rendre des services de ce genre. Mais je refusai d'abord de parler de cet homme, honteuse de mon comportement de néophyte ; ne pas réclamer d'argent à un client était insensé. Candice perçut ma gêne et insista à de nombreuses reprises, si bien que je finis par lui mentir : Arnolphe n'était pas vraiment beau, mais tellement respectueux qu'il n'avait pas souhaité me consommer lors de notre unique rencontre (Classique, me dit Candice en reniflant, tu es tombée sur un romantique). Je prétendis qu'il m'avait payée cher, j'affirmai l'avoir aguiché en relevant ma robe jusqu'en haut des cuisses pour qu'il voie mes porte-jarretelles, puis avoir attrapé sa main pour la poser sur mon sexe durant le repas. Bien entendu, je prétendis également que je lui avais dit au revoir en lui roulant une pelle. Tout cela était faux, je ne possédais même pas de porte-jarretelles. Mais je voulus faire croire à Candice que je vivais, comme elle, avec intensité. Il en allait de ma crédibilité.

Quand j'inventai la nécessité brûlante qui pressait mon corps vers celui d'Arnolphe, Candice rit aux éclats et me dit : Je vois, au moins il te plaît celui-là !

Elle m'indiqua que ses clients lui plaisaient également, y compris les plus repoussants, parce qu'en leur présence, elle ne se concentrait que sur leur argent. Ne pas vivre le moment présent était la principale compétence de Candice, celle grâce à laquelle elle gagnait sa vie dignement. Et cet argent qu'elle recevait, cet argent qui réparait le préjudice que les clients entretenaient, il rendait l'activité presque supportable, parce qu'il faisait naître en elle une fierté de hors-la-loi. Candice aimait se prostituer, elle ne regrettait jamais qu'un homme lui ait un jour soufflé cette idée.

Son visage se teinta de gravité.

Enfin, à bien y réfléchir, elle avait commencé un peu tôt, à l'âge de seize ans. Candice avait été trop jeune pour se méfier, pour anticiper les risques auxquels elle s'était exposée.

— Quel genre de risques ? lui demandais-je.

Elle ne me répondit pas. Fouilla dans son sac. En sortit sa carte bancaire et partit soigner sa tristesse dans les toilettes.

À son retour, elle se sentait mieux. Elle me tint des propos décousus sur la désillusion et sur le dessèchement du cœur. J'attendis que les mots se forment correctement dans ma tête avant de les laisser sortir. Puis j'attrapai sa main que je serrai dans la mienne et lui coupai la parole pour lui demander à nouveau : Candice, tu ne me parlais pas de ça ; tu t'es exposée à quels risques ?

Elle me sourit et jeta ses longs cheveux roux derrière ses épaules, puis elle me dit que ce n'était pas grand-chose. À l'époque où elle ne connaissait pas encore la putosphère et n'avait donc pas pu suivre les conseils qui y étaient dispensés, elle avait révélé sa véritable identité à un client tombé amoureux, un peu insistant. Depuis, il l'inondait de cadeaux, de messages, il jalousait son entourage. Les yeux de Candice, quelques secondes amusés, se perdirent et regardèrent derrière moi ; ce client l'inquiétait.

Cela me surprit au début. Recevoir des cadeaux d'un prétendant ne me semblait pas être une mauvaise chose, s'il lui payait des voyages, ou même à manger, elle pouvait faire de sacrées économies. Puis elle m'expliqua. Cet homme la traquait et la suivait, il surveillait ses fréquentations, lui faisait livrer toutes sortes d'objets (fleurs, chocolats, vêtements, chaussures) chez elle à Paris, et en Auvergne chez ses parents. Candice pencha les épaules en avant.

Par possessivité, ou par désir de nuire, cet homme avait retrouvé son père et lui avait annoncé que sa fille se prostituait. Peut-être était-ce pour éloigner d'elle toutes les personnes qui l'aimaient, avec la certitude de la garder pour lui seul. Quand elle me dit cela, je craignis le pire : qu'un client appelle ma mère pour la prévenir la conduirait à me renier. Je n'étais pas prête à vivre une telle douleur – comme quoi, j'étais encore attachée à elle. Candice me dit qu'en s'adressant à sa famille, cet homme l'avait qualifiée de pute – l'insulte à laquelle elle refusait désormais que les autres la réduisent, puisque son activité professionnelle ne la définissait pas totalement.

Son père lui avait tendu la main pour qu'elle rentre à la maison mais elle avait refusé, trop fière pour se contenter de la vie que ses parents lui proposaient : une existence planplan, austère, essentiellement faite d'attente, ne pas lutter contre son corps vieillissant, subir les ravages du temps, atteindre quarante ou cinquante ans, enterrer ses parents, ses amis, voir partir ses enfants, rester bloquée dans le passé et attendre la mort. Alors que Candice voulait simplement vivre, elle voulait encore plaire aux hommes et aux garçons, elle voulait initier dans la société de grandes transformations, que les *travailleuses du sexe* soient libres d'exister et d'exercer leur activité comme elles l'entendaient, qu'elles se réunissent en coalition et fassent valoir leurs droits. Candice était prête à s'engager pour tout cela. Mais son père ne le comprenait pas.

Elle se tut.

Sembla gênée de parler de son père. Sembla gênée dans l'absolu.

Son courage m'éblouissait autant qu'il m'écrasait. Elle baissa la tête et regarda ses mains, sans chagrin. Candice parut chercher ses mots. Comment formuler l'idée que cette situation l'étouffait ? Comment exprimer l'angoisse générée par tous ces cadeaux qu'elle recevait partout, tout le temps, vaines demandes d'amour provenant d'un homme beaucoup trop insistant ?

Candice ne dit plus rien à ce propos. Elle reprit possession de ses moyens, elle planta ses yeux bleus dans les miens et me dit : De toute façon je vais me casser. J'irai bosser dans un bordel en Espagne, j'écrirai un livre sur la vie des meufs là-bas – ça ne s'est jamais fait, je l'ai vérifié. Le titre est déjà tout trouvé : *Brothelona*, contraction de *brothel* et de Barcelone, tu en penses quoi ?

Elle attendait que je lui réponde ; je n'en pensais rien. Je n'avais aucun avis sur ce projet d'immersion, mais je ressentis un mélange de surprise et d'admiration, je la prenais pour une femme libre que rien n'effrayait. Je ne voyais pas qu'elle frôlait en permanence le danger et faisait tout pour s'y exposer davantage. Candice était pour moi une femme d'aujourd'hui, ancrée dans son époque et je le lui dis, puis au lieu de m'inquiéter pour elle, je lui demandai sérieusement ce qu'elle faisait des présents dont cet homme l'encombrait.

Je les revends bien sûr, et je dépose l'argent sur mon livret A. En réaction, sans doute, à ma mine ébahie, Candice enchaîna : Ne t'inquiète pas, tu débutes, c'est normal que t'en aies pas. Ton tour viendra, toi aussi tu trouveras un pigeon, travaille-le au corps, ton comment déjà ? ton Arnolphe, il a une cible sur le front, promets-moi juste que tu ne lui donneras jamais ton vrai nom. Puis elle joignit l'index et le majeur et tira sur un Arnolphe imaginaire en éclatant de rire.

14

Je crus d'abord à un événement. Rencontrer Candice était pour moi un acte militant. Je la quittai à la tombée du jour et sur le chemin du retour, je demeurais émerveillée par son assurance. J'aurais été prête à la suivre partout, dans un bordel de Barcelone ou dans les replis de la cité, derrière les barricades ou au milieu des insurgés, à porter le drapeau rouge avec elle, cerclée de fumigènes, avec le poing levé. Quand le gardien de mon immeuble me salua, je le regardai mais je fus incapable de lui répondre quoi que ce soit, tant l'artificialité de cet échange me paralysa. L'énergie de Candice avait tout explosé, tout envoyé balader. Je m'endormis persuadée qu'une rencontre comme celle-ci laisserait en moi une trace qui ne se dissiperait jamais.

Le lendemain, pourtant, ma ferveur s'amoindrit. On se lève, on se calme et puis on réfléchit. Candice m'impressionnait toujours, c'était indéniable, mais dans le même temps, sa puissance, ou ce que je considérais comme telle, m'étouffait. J'avais d'abord eu face à elle le sentiment d'être une ratée, une fille insuffisamment cultivée, qui ne dépassait pas les bornes, qui ne faisait les choses qu'à moitié. Puis je réalisai que j'étais peut-être plus ambitieuse qu'elle ne l'était, sans doute plus cadrée. En vérité, après une nuit de sommeil, tous mes instincts m'indiquaient de ne pas la côtoyer.

Et c'est par méchanceté, à moins que ce ne soit par jalousie, que j'adoptai à son égard des réflexions qui auraient pu être celles de ma mère. Je me répétai que Candice était une fille perdue, beaucoup trop vulgaire, et que tout ce qui faisait son caractère – sa puissance, son insolence, son imprudence – était symptomatique des garces. Ces pensées envahirent mon esprit, puis je m'en voulus car c'était gratuit, et je m'en veux encore aujourd'hui de n'avoir pas su voir qu'elle avait besoin d'aide. Au milieu du chaos, j'aspirais à une forme d'équilibre que Candice ne pouvait m'apporter, raison pour laquelle je décidai, égoïste, de la laisser tomber. Persuadée que mon équilibre passerait par la faculté, et peut-être même par Andrea, j'étais prête à renouer et à faire comme elle, à me mettre à bosser. C'était simple : il me suffisait d'être présente et attentive en cours. Mais, incapable de m'épancher auprès de qui que ce soit, incapable de demander main-forte ou ne serait-ce qu'un soutien financier, je n'envisageais pas de mettre un terme à mon activité rémunérée. Je m'imaginais pouvoir continuer discrètement, de temps en temps, jusqu'à la fin de mes études. Et si je pris la décision de ne jamais revoir Candice, je retins toutefois les deux conseils qu'elle avait formulés à mon attention : toujours cacher mon nom et me trouver un pigeon.

Le problème, c'est que je devenais le fameux pigeon, en l'occurrence, celui d'Arnolphe, qui n'envisageait toujours pas de me payer alors qu'il m'avait sollicitée sur un site d'annonces spécialisées. Je me figurais que c'était parce que la nature de notre relation changeait – il fit tout pour que je le croie.

Il me téléphona une nouvelle fois, je sortais à peine de chez moi, quatre murs exigus aux allures de précarité. J'étais grimée, maquillée, déguisée pour me rendre en cours. Je devais encore descendre les sept étages de l'escalier de service, impossible de décrocher, Arnolphe aurait forcément remarqué mon souffle saccadé, alors que j'aspirais à contredire l'image de galérienne qu'il avait de moi. Immobile devant ma porte d'entrée, hésitant à opérer un demi-tour pour lui répondre, ce qui m'aurait mise en retard en travaux dirigés, je fixai l'écran de mon téléphone sur lequel clignotait son nom, jusqu'à ce qu'il disparaisse. Soulagée de n'avoir pas à choisir entre les cours et lui, je m'élançai et descendis les marches en courant.

Avant de m'engouffrer dans le métro, pourtant, je le rappelai. Tous les signes d'intérêt, quels qu'ils soient, me rassuraient. Ils pansaient la vieille blessure de rejet dont je souffrais depuis l'enfance, rejet du père, puis de la mère, des camarades et de la meilleure amie. J'étais désormais adulte – au moins administrativement, c'était indéniable –, et sans jamais m'en rendre compte, en dépit de mon avancement en maturité, je cherchais continuellement chez les autres l'attention qui me permettrait d'exister.

Arnolphe ne décrocha pas ; m'avait-il déjà oubliée ? Remplacée ? Je montai dans la rame de métro et j'enfonçai mes écouteurs dans mes oreilles.

Arrivée à la faculté, je traversai la cour d'honneur, j'observai les étudiantes rire à gorge déployée avec cette assurance propre aux gens bien nés, je me perdis dans leur contemplation. J'enviais leur chevelure blonde et lisse rejetée en arrière, le mouvement de leur bouche rosée qui recrachait la fumée de leur cigarette. Je remarquai qu'elles portaient toutes des prénoms aux consonnances européennes, des noms de pierres précieuses ou bien de reines : Agathe, Jade, Victoria, Blanche, Adélaïde. Moi, je m'appelais Lila, ce qui signifie *la nuit* en arabe, à croire que j'étais prédestinée à mener une double vie.

Je ressentis un choc dans la poitrine ; est-ce que tout était déjà écrit ?

Lorsque l'enseignant fit l'appel, je réalisai qu'il n'écorchait jamais les noms aux consonnances françaises. Je portais celui de mon père, bien français, ce qui était ridicule puisque je ne le connaissais plus, mais je me raccrochais à cela : au milieu des étudiants bourgeois, mon arabité ne se décelait pas.

Andrea était absente ce jour-là – peut-être avait-elle assisté à un autre cours dont l'horaire convenait davantage à son emploi du temps de salariée. Ma déception fut immense. J'étais toujours seule, assise au premier rang, je m'y habituais et décidai de suivre la leçon religieusement, certaine que mon salut viendrait aussi par l'éducation. Je n'avais pas préparé mes fiches d'arrêt mais j'en notai la correction avec la plus grande attention, afin de l'apprendre par cœur et de me remettre à niveau. Mon avenir en dépendait.

Arnolphe me rappela à trois reprises durant le cours ; court-circuit dans mes projets, trajectoire déviée. J'avais activé le mode silencieux de mon téléphone, mais l'écran s'éclairait à chacun de ses appels. Tous les étudiants le remarquèrent, y compris Agathe. Je souris en baissant la tête. Qu'ils me croient sollicitée, peut-être même en couple, c'était parfait.

À la fin du cours, j'attrapai mon sac pour quitter la fac. Mon regard croisa celui d'Agathe qui me sourit, je lui souris aussi. Elle portait une robe trapèze Tara Jarmon et des bottines à talons hauts. Elle s'approcha de moi, mon cœur s'emballa, qu'allais-je pouvoir lui dire, je ne m'y attendais pas. Entendait-elle raviver notre amitié naissante ? M'inviter à une nouvelle soirée ? Rien de tout cela ; Agathe m'avait vue prendre des notes durant le cours et me donna son adresse e-mail pour que je les lui envoie. J'acceptai, regrettai aussitôt. Il régnait dans cette faculté une ambiance compétitive qui ne se disait pas, seul un quart des étudiants passerait en deuxième année, question de places disponibles, Vous êtes bien trop nombreux et on ne peut pas tous vous laisser valider. Rares étaient les bonnes poires qui partageaient leurs notes en dehors de leur cercle amical restreint. On me comptait visiblement parmi ces gens. Je n'en tirais aucune fierté.

Le soir même, Arnolphe me rappela. Il ne proposa toujours pas de me rétribuer, mais je m'efforçai de lui être agréable, de ne pas le contrarier. À aucun moment je ne me demandai pourquoi il cherchait à échanger si fréquemment avec *moi,* en particulier. Et si je m'étais posé cette question, la réponse ne m'aurait pas vraiment flattée : Arnolphe avait dû voir en moi des brèches dans lesquelles il croyait pouvoir s'engouffrer. Assise en tailleur sur mon lit, je ne lui parlai de rien, rien de ce qui m'importait, car à distance comment aurais-je pu lui dire l'indicible, le mal de soi, et tout ce qui au mieux se suggérait ?

15

Il me recontacta souvent ; je me rendais disponible. Il me dit que je lui donnais l'impression de le comprendre, de n'émettre aucun jugement. L'idée de me faire rémunérer pour ces échanges téléphoniques effleura mon esprit, d'autant plus qu'ils me demandaient une certaine organisation. Arnolphe ne me dépouillait pas seulement de mon temps, il me privait aussi de mon argent : je n'en gagnais pas lorsqu'il m'appelait, alors que j'aurais pu être avec un client.

Arnolphe n'était *pas* un client. Juste un moyen de ne pas tout à fait m'éloigner de Victor. Jamais il ne s'adressa à moi comme à une *escort*. Il ne me parla pas de sexualité, sujet qu'il considérait superflu, il ne partageait avec moi que l'essentiel : ses croyances. Ses valeurs. Et son quotidien. Il parsemait nos conversations de confidences, en particulier à propos de son épouse, qu'il avait longtemps crue être l'amour de sa vie. Je l'écoutais. Arnolphe avait connu Odile à la Banque de France. En dépit des vingt ans qui les séparaient, le coup de foudre fut immédiat. Il le pressentit très tôt, dès l'entretien d'embauche qu'il lui fit passer quand, assise face à lui, vêtue d'un tailleur ajusté, elle parut intimidée en répondant à ses questions. Les mains posées sur les genoux, le regard hésitant, elle semblait réciter une leçon. Il la recruta comme stagiaire et s'en félicita.

Chaque fois qu'Odile souriait, le cœur d'Arnolphe s'emballait, descendait dans son ventre et s'ouvrait comme une fleur. Il fut touché par son odeur, une odeur musquée qu'il croyait reconnaître partout, dans la rue, chez lui, dans l'ascenseur. Il l'invita à dîner, au restaurant d'abord, et chez lui par la suite, certain de la réciprocité de son amour. Il lui embrassa la main, puis la joue, puis le corps ; jamais avant lui elle n'avait fait l'amour. Elle tomba enceinte bien vite. Ils se marièrent dans la foulée. Odile ne termina pas ses études de sciences politiques et ne fut jamais diplômée.

Et le temps s'écoula.

Ils étaient, depuis, enfermés dans une relation qui leur déplaisait. Ils ne savaient plus se parler, n'essayaient pas de communiquer ou de rompre le silence qui les rongeait.

Arnolphe souffrait du désintérêt d'Odile pour sa personne.

Il ne la comprenait pas.

Pire, il lui en voulait.

Je ressentais pour Odile une douce affection. Des élans de tendresse et d'empathie, comme une chape de plomb qui pesait sur mes épaules et dont je ne parvenais pas à me libérer. Lorsque j'étais en cours, j'imaginais Odile, le soir seule dans son lit, rêver d'une étreinte ou d'un meilleur mari, adresser à Arnolphe un SMS de Bonne nuit en réponse à son Ne m'attends pas ce soir. Tout cela n'était que pure invention de mon cerveau : ils faisaient chambre à part depuis qu'elle le lui avait demandé, à force de se voir négligée, méprisée, oubliée par un époux continuellement absent. J'étais certaine qu'elle avait eu des rêves, bien sûr, des illusions qu'elle avait laissées s'envoler. Que sa famille ne tenait que par elle, par les sacrifices qu'elle avait concédés en privilégiant son foyer, ses enfants, ainsi que les apparences, à toutes formes de projets, à toutes formes d'espérances. Arnolphe dormait souvent au bureau, parfois à l'hôtel lors de ses déplacements – élégante façon d'affirmer qu'il dormait avec une autre. Au début, Odile s'était montrée crédule et conciliante ; voyant son mari fuyant, elle avait fait aménager pour lui, pour lui faciliter la vie, un bureau dans la chambre d'amis, afin qu'il puisse travailler depuis leur appartement. Mais le bureau Louis XVIII, surmonté d'une bibliothèque, restait vide depuis deux ans.

Il lui avait coûté un bras.

Il ne l'utilisait pas.

À croire qu'il préférait cette vie-là.

Les arnolphes étaient nombreux à Paris, nombreux dans nos vies, à traquer leurs proies à la sortie des écoles, dans l'idée de posséder celles qui, dénuées d'expérience et d'exigences, n'étaient pas encore abîmées par les hommes. Ils les façonnaient conformément à leurs souhaits, mais lorsqu'elles grandissaient, lorsqu'elles se heurtaient à des déceptions de plus en plus nombreuses et de plus en plus fortes, lorsqu'elles finissaient comme d'autres par se montrer méfiantes et rancunières, les arnolphes se détournaient d'elles, tuaient l'épouse, draguaient la fille, et recommençaient de plus belle. J'aurais été, à l'époque, incapable de décrire ce phénomène, mais même sans l'avoir vécu j'en avais l'intuition : ces hommes étaient des cons.

Cette certitude ne fit qu'accroître mon empathie pour Odile ; je l'imaginais s'oublier pour une bête ordinaire dont le comportement conférait au vulgaire. Puis ma compassion se transforma en exaspération. Un matin, assise dans le métro, je me surpris à l'insulter à voix haute :

Idiote !

Mais sitôt le mot prononcé, j'en rougis de honte ; s'en prendre aux conjointes n'était pas la solution.

Lorsque Arnolphe m'appelait, des sentiments contradictoires s'introduisaient en moi et se livraient à une guerre intérieure, jusqu'à ce qu'épuisés par la confrontation ils finissent par s'apaiser. L'attitude d'Arnolphe à l'égard de son épouse ne m'inspirait que du mépris, mais mon ego se gonflait d'orgueil quand il me parlait de lui ; nos échanges me prouvaient qu'il ne m'oubliait pas. Mieux : qu'il pensait à moi. On est malléable à dix-huit ans, on se laisse impressionner. On garde foi en l'avenir. On croit posséder la liberté. Le mois de novembre était grisâtre. Je sortais peu, seulement pour me rendre à la fac où je crevais de solitude.

J'étais moins attentive en cours ; de plus en plus perdue. Agathe me parlait ou me jetait au gré de la qualité des notes que je lui avais rendues. Andrea le remarqua ; elle posa sur moi un regard empreint de pitié qui me transperça ; je ne voulais faire pitié à personne. Je valais mieux que cela.

Le soir, allongée à plat ventre sur mon lit, mon ordinateur sous les doigts, je tapai le nom d'Arnolphe sur un moteur de recherche. Des dizaines d'articles et de vidéos s'offrirent à moi ; je cliquai sur l'enregistrement d'un débat auquel il avait participé. J'étais si concentrée que je n'entendais plus l'agitation de la ville au-dehors. Plus rien ne comptait à ce moment, personne d'autre qu'Arnolphe et son discours. Avec force et conviction, il y défendait ses positions sur l'immigration :

Suppression du regroupement familial et du droit du sol ;

Expulsion des délinquants de nationalité étrangère ;

Mise en place d'une immigration choisie.

Face à ces propositions, j'aurais pu m'inquiéter. Penser à ma mère, à sa peau plus foncée que la mienne, à sa chevelure plus bouclée que la mienne, à cet accent marocain qu'elle n'était jamais parvenue à atténuer. J'aurais pu me mettre à pleurer en évoquant nos souvenirs heureux, antérieurs à Tanger, et la nécessité de savoir d'où l'on vient pour ne pas oublier qui l'on est. Mais ma relation avec Arnolphe avait depuis longtemps quitté la norme. Si je le croyais susceptible de m'aider à réussir ma vie pourvu que son assurance irradie sur moi, je le considérais parfois comme un pauvre type déconnecté, dont l'avis ne m'intéressait pas et dont les prises de position ne pouvaient porter à conséquence.

Dans ce débat, il faisait pourtant preuve d'une capacité de persuasion tout à fait extraordinaire. Chaque fois qu'il prenait la parole, il s'exprimait d'une voix claire et ses contradicteurs, y compris ses adversaires les plus téméraires, ne parvenaient pas à le contredire. Certains se laissaient retourner le cerveau et finissaient par tolérer ses positions réactionnaires. Et bien que j'aie visionné ces images, bien que je l'aie vu débattre et s'exprimer en public, bien que j'aie observé ses effets de manche et étudié sa rhétorique, quelques espérances se profilèrent dans ma tête. Je me surpris à rêver, bêtement, en dépit de nos divergences de valeurs et de comportement, parce que Victor fréquentait les mêmes cercles que lui. J'imaginais qu'en existant pour Arnolphe, j'existerais aux yeux d'autrui, ou que je pourrais rendre Victor vert de jalousie. Je pensais maîtriser l'engrenage, être capable d'arrêter la machine dès lors que je l'aurais décidé. Les désirs sont parfois si puissants qu'ils nous font croire en des choses qui n'ont jamais existé.

Un soir, au téléphone, alors que je triais la messagerie de Fleur à la recherche d'un nouveau prospect, Arnolphe me dit que je l'avais touché lors de notre unique rencontre, parce que je ne m'étais intéressée qu'à sa personne, à son parcours, à ses projets. À lui. Pas à ses opinions politiques, parfois qualifiées de rétrogrades, ce qui avait le don de l'agacer.

— Je ne m'intéresse pas à la politique, lui dis-je.

— Tu as tort, Laura. Si tu ne t'intéresses pas à la politique, la politique, elle, s'intéresse à toi.

Je crus qu'il reviendrait sur le soir de notre rencontre, sur la prostitution, sur la naissance de notre relation, sur l'argent qu'il ne m'avait pas donné, ou sur la manière dont il pourrait le compenser. Mais Arnolphe ne fit rien de cela. J'aurais dû réagir, m'en inquiéter. Au lieu de quoi mes rêveries reprirent de plus belle. Pendant que mes quelques clients m'apporteraient de l'argent – juste le nécessaire –, je m'engagerais avec Arnolphe dans une relation gagnant-gagnant, je bénéficierais de son aura et ne perdrais plus mes moyens face à des gens intéressants. Bien entendu, il n'était pas question que je me dévoile face à lui. Je refusais qu'il connaisse quoi que ce soit de ma vie, le nom de mon ex, le milieu d'où je venais ou la fac dans laquelle j'étudiais. Je souffrais d'un besoin d'intérêt tel que je ne percevais pas l'incohérence entre ma soif de reconnaissance et mon désir d'anonymat. Me livrer était une ligne rouge infranchissable. Je ne voyais aucun autre moyen de me protéger.

Tout cela se déroula au détriment de mon intégration à la faculté ; il me devint difficile de me concentrer. Je croisai un matin Andrea parmi d'autres étudiantes, accroupie devant une salle de travaux dirigés, qui récitait son cours à voix haute en prévision d'une interro, comme si elle avait voulu m'impressionner. Elle m'évoquait ce que j'aurais pu être si je m'en étais donné la peine, si je n'avais pas perdu mon temps à courir après la reconnaissance des hommes, après la reconnaissance des bêtes. Je la regardai et des pensées mauvaises me traversèrent, j'eus l'idée de lui asséner des coups de pied dans le bide pour la faire taire, mais je manquai de courage, autant que de volonté, alors je m'adossai à un mur, adoptant un air accablé. D'une manière bien différente de la mienne, elle se donnait du mal pour s'en sortir. Je n'éprouve aujourd'hui à son égard plus aucune forme d'amertume.

Car à bien y réfléchir, je ne peux m'en prendre qu'à moi-même – et à eux, aux hommes, cela va de soi. Je crevais d'être vue par eux, voulue par eux, admirée d'eux. Leur approbation conditionnait ma vie. Alors je les flattais et leur donnais ce qu'ils attendaient, je croyais ainsi m'émanciper, m'éloigner de ma mère, défier des règles ancestrales ou religieuses. J'étais en vérité leur esclave. Je ne valais pas mieux qu'Odile.

16

ARNOLPHE disposait d'une journée de libre et me proposa de le retrouver, un matin, sur la place de l'Opéra. La veille je consacrais des heures à mes cheveux, je tirais dessus, je les lissais, pourquoi étaient-ils si épais, j'aurais voulu qu'ils soient parfaitement raides et ne trahissent pas mon sang à demi maghrébin. C'était ridicule, j'aurais pu les attacher, me faire un chignon, les tresser ou même les laisser tels qu'ils étaient ; mais je voulais lui renvoyer l'image de quelqu'un de bien.

Je rejoignis donc Arnolphe le lendemain matin, les cheveux parfaitement raides et détachés, sans savoir ce qu'il avait en tête, sans même me poser la question. La seule chose qui m'importait était d'être considérée par un homme susceptible de m'apprendre à me comporter correctement pour reconquérir Victor. En ne lui réclamant pas d'argent, je croyais faire de lui mon mentor. Il m'invita à monter dans sa voiture et soudain je doutai de ses motivations, quand il me dit qu'il m'emmenait en week-end à Deauville. Je soupirai sans rien dire, je me trouvai bête ; j'avais prévu de participer, dans l'après-midi, à des manifestations étudiantes contre la réforme des retraites (j'avais appris qu'Andrea prévoyait de s'y rendre), mais je n'exprimais rien dans sa voiture, rien quand il s'approcha de moi pour me prendre dans ses bras.

Arnolphe voulut que l'on dorme à l'hôtel, le rythme de la campagne allait s'intensifier, nous n'aurions que peu de temps pour nous revoir. J'eus la pénible impression de me faire avoir par un *Sugar Daddy*, qui s'offrait ma compagnie en échange d'un restau et d'une nuit d'hôtel. Grisélidis_R m'avait alertée contre ce risque, celui de consacrer trop de temps à une bête sans pour autant n'y rien gagner. Et c'est par vanité, sans doute, ou peut-être par honte de ne l'avoir pas suffisamment écoutée, que je me refusai à lui demander de l'aide. Je me raccrochai à l'expérience de Candice, bien que je ne veuille pas lui ressembler, parce qu'en échange de toutes sortes d'avantages, elle multipliait les relations avec des amants-clients. Cette idée m'excita tout autant qu'elle me terrorisa. L'impression à mon tour de frôler le danger, de jouer la hors-la-loi. La seule chose que je devais protéger : mon anonymat. En appliquant ce conseil j'étais sûre de pouvoir m'en sortir seule. Je croyais que c'était possible.

Quand je découvris qu'Arnolphe n'avait réservé qu'une chambre – un seul lit pour deux – je compris que notre relation ne souffrait d'aucune ambiguïté ; il s'était donné tout ce mal simplement pour baiser.

La lumière était tamisée, l'obscurité du dehors s'étalait dans les rues agitées, pleines de voix, de mouvements, de discussions et de gens. Ils ignoraient notre existence, ces gens, ils ne savaient pas que j'étais là, dans cette chambre carrée, installée sur les draps, à écouter les mots qu'Arnolphe prononça après le dîner : Tu es belle, Laura, ne laisse personne te persuader du contraire, tu as cette richesse, à l'intérieur de toi, qui te rend unique, je veux vraiment veiller sur toi. Je ne répondis rien. Je ne lui demandai pas de se taire, je ne lui demandai pas de me raccompagner à Paris.

Il approcha son corps du mien. Mes poumons se rétractèrent. Un baiser mou sur mes lèvres. Son souffle chaud dans mes narines. La soirée parvint à sa conclusion logique, la même que d'habitude : mon cœur pesa sur mon estomac et me provoqua une nausée. Il ne le remarqua pas.

Au matin, Arnolphe me réveilla en caressant mon visage, puis il embrassa mon corps entièrement nu : un baiser sur mes fesses, un baiser sur mes cuisses, un baiser sur mes mollets, un baiser sur mes pieds. Des palpitations cognaient au rythme de mon pouls partout dans mon corps, dans ma tête et dans la paume de mes mains. Il mêla ses doigts à mes cheveux et me regarda longuement. Je le regardais également. Les étreintes du matin étaient impuissantes à me rassurer ou à me faire oublier. Lui était libre. Lui était fort. Lui était riche. Lui était vivant. Se rendait-il compte de ce qu'il m'avait imposé ?

Pour une relation de type mentor-mentorée c'était foutu, mais la présence d'Arnolphe n'était pas si désagréable, il aurait pu faire, après tout, un bon client régulier – encore aurait-il fallu que je mette les pieds dans le plat, que j'évoque avec lui notre situation, la prostitution et que je lui demande de me payer.

Plus tard dans la journée, je me décidai. Du bout des lèvres j'évoquai ce qui nous liait, mon activité, la manière dont nous nous étions rencontrés. Le froid de cette journée d'automne fit frissonner mon corps. J'étais fière d'avoir surmonté mes réticences, d'avoir fait un effort. Mais spontanément, Arnolphe refusa de m'écouter. Il regarda au-dessus de moi, comme si je n'existais pas, et me dit Oh non, tu vaux tellement mieux que cela !

Cherchait-il à me faire hurler ? Je voulus crier Mais tu vas m'écouter, oui ? et je ne dis rien, rien du tout pour ne pas l'offenser. Ne pas prendre le risque de le braquer. Pourtant il ne me rétribuait pas, ne m'aidait pas, ne me connaissait même pas, mais je considérais qu'il était en droit d'attendre des choses de ma part, un comportement exemplaire. Je pris d'abord sur moi. Rongeai mes ongles. Agitai mes jambes. À nouveau, une lourdeur pesa sur mon estomac.

Sur le chemin du retour, assise dans sa voiture, je croisai les bras et ne prononçai aucun mot. Il me le reprocha, quel culot. Je le fixai longuement et je lui criai : Paie-moi ! Il parut surpris, me demanda quelle somme je voulais. Je lui réclamai mille deux cents euros. Un rire nerveux, la tête inclinée, Arnolphe affirma que c'était une somme conséquente. Je ne baissai pas les yeux, me prostituer était encore ce que je faisais de mieux. Il se gara sur le bas-côté, sortit son portefeuille de sa sacoche et me tendit mille deux cents euros en billets. Il les avait donc sur lui. Je recomptai.

À Paris, il me déposa place de la Madeleine ; je refusais qu'il connaisse mon adresse. Aujourd'hui encore, il arrive que je me demande s'il m'aurait payée de lui-même, sans que je ne lui réclame quoi que ce soit.

Je ne le crois pas.

17

Il y aurait tant à dire sur ces silences gênés, ces moments durant lesquels on préfère ne pas se dévoiler, ne rien exprimer de ce qui nous traverse parce que l'on ne sait pas si l'on a peur ou si l'on est impressionné.

Andrea.

Je l'aperçus le lendemain, par hasard, dans une allée de la bibliothèque de la faculté. Toujours la même, lumineuse et déterminée. Elle m'adressa un léger hochement de tête, puis elle fila avec dans les bras ses pochettes cartonnées. Je voulus la rattraper ; une force invisible me retint. Je demeurai immobile, ne sachant comment bouger mon corps, ce corps encombrant, pataud, qui m'embarrassait, ce corps relié à mon cerveau maléfique de dissociée qui me donnait l'impression d'être spectatrice de ma propre vie. J'avais aussi la gorge serrée mais je ne pleurai pas. Je ne pleurais plus.

Quand quelques minutes plus tard je m'installai sur une table pour consulter un manuel quelconque, les mots défilaient sous mes paupières et ma mémoire ne les enregistra pas. La vérité, Andrea, c'est que tout portait ton nom ce jour-là, les fiches de droit des obligations, l'odeur de cigarette venue de l'entrée de l'institution, et même le panini quatre fromages que j'engloutis au déjeuner. À la fin de la journée, épuisée, je m'assoupis dans le métro et il me rattrapa, ton souvenir, il virevolta en moi, il enveloppa mes songes et je crois bien qu'il me fit sourire.

Andrea.

À treize ans, elle était un emballement incessant, un tourbillon de joie, un petit être toujours en mouvement. Elle volait chez Jennyfer des pantalons Diabless avec jupette intégrée, elle parlait fort, faisait des gestes brusques et incontrôlés, elle ouvrait grand la bouche, sourire au coin des lèvres, lorsqu'elle mâchait son Malabar – ce qui agaçait le prof de maths, M. Ténard. Je revois sa queue de cheval haute, son visage poupon encadré de minuscules mèches décolorées, ses oreilles transpercées par de géantes créoles argentées, sa veste de survêtement qu'elle zippait jusqu'au cou – Andrea était l'amazone de Guy Môquet. Quand elle se déplaçait, elle laissait derrière elle un nuage de fraise synthétique qui m'envoûtait.

Régulièrement elle s'étonnait que les garçons ne s'intéressent pas à moi ; elle aurait voulu que nous parlions d'amour comme des égales, ou du moins, pouvoir évoquer son copain Pedro sans que je ne l'interrompe à chaque mot : l'avait-elle déjà embrassé ? Avait-elle mis la langue ? Comment s'était-elle entraînée ? J'écoutais chacune de ses réponses que je retenais précieusement, avec l'idée qu'à force de la fréquenter, les garçons s'intéresseraient aussi un peu à moi.

Nous passions les récréations d'hiver enfermées dans les toilettes des filles, les mains collées au radiateur. Andrea frôlait toujours mon corps avec le sien, cherchait mon regard qui fuyait à cet instant précis, dans un mouvement furtif et empreint de timidité. Un jour, profitant de ce moment où nous étions si proches, Andrea sortit un gloss irisé de sa poche, elle en posa la pointe sur ma lèvre inférieure qu'elle enduisit de liquide, l'étala en tapotant la pulpe de son index sur ma bouche entrouverte.

Mes jambes flageolèrent. Cette proximité nouvelle teintait notre relation d'une sensualité qui m'était jusqu'alors inconnue, la promiscuité de nos corps devenait la plus grande expérience charnelle de ma vie.

Andrea retira l'élastique qui nouait le bas de ma tresse, elle démêla mes cheveux du bout des doigts, elle me demanda de secouer la tête à gauche, à droite, elle me dit ces phrases qu'aujourd'hui encore je n'oublie pas : Tu peux être vraiment canon, parfois. L'amour ça court les rues, un jour toi aussi tu le rencontreras. Un merci inaudible et mal articulé sortit de ma gorge, puis retentit la cloche sonnant la fin de la récré, et voilà. Il fallait déserter. Pendant les cours qui suivirent, résonnait en moi l'écho de ces mots qu'elle avait prononcés. Andrea m'avait donné la force et la confiance en moi qui me manquaient.

Effectivement, l'amour courait les rues. Il vint à ma rencontre le soir même, sur le trajet du retour du collège, une demi-heure à pied, alors que je goûtais d'une compote à boire que j'avais emportée. À force de fréquenter Andrea qui multipliait les amoureux, je rêvais qu'une belle aventure me tombe dessus, même si rêver ne servait à rien, en réalité c'était totalement vain, car l'imprévu n'existait pas, car en matière de cœur les hasards se provoquaient, à défaut de quoi ils vous renversaient et ils vous écrasaient.

Depuis sa voiture il m'avait vue.

Je lui avais plu.

Il m'accosta.

L'on se fréquenta.

J'étais si fière qu'il s'intéresse à moi.

Voilà comment une préadolescente, une enfante, se retrouve au cœur de ce qu'elle ne sait pas nommer. Si elle nommait les choses, tout ce qui fait la beauté de son monde s'évaporerait ou s'encrasserait. Dans le dos de ma mère, je vécus cette histoire, la première, qui dura cinq ou six soirs, mais dont la rumeur fut accueillie à Guy Môquet avec fracas. Et d'ailleurs, n'était-ce qu'une rumeur ou était-ce bien arrivé ? Il se disait que je fréquentais un homme plus âgé, un majeur, trentenaire, propriétaire d'une Citroën et condamné à des travaux d'intérêt général à Sarcelles. Cette rumeur était-elle aussi crédible que celle qui affirmait qu'on nous avait aperçus sur la banquette arrière de sa voiture, au milieu de la zone industrielle ?

Jamais je ne le confirmai.

Andrea désapprouvait cette relation. Alors je renonçai à lui en parler, peu de temps après Andrea me traita de pute et ne m'adressa plus la parole. Au collège et au lycée, dans les toilettes des garçons, je me comportai comme si j'avais des choses à me faire pardonner. Croiser Andrea à Paris, cela ravivait les souvenirs douloureux, la crainte de l'abandon, du désamour. Cela me renvoyait à ce que je devenais : une marginale qu'il ne fallait plus fréquenter.

Mais je voulais qu'on me fréquente, je voulais ne faire qu'une avec la vie parisienne, avec la société de consommation. Mes rêves, je les vivais par procuration, à la fac. Et le soir, la putosphère devenait mon repaire.

Candice eut manifestement une lubie : elle affirma sur le forum que j'étais sa meilleure amie, son double, puis elle me proposa d'emménager avec elle, dans le squat de son dealer du côté de Beaugrenelle ; je refusai catégoriquement. Candice ne menait pas la vie à laquelle j'aspirais. Je tolérais encore la vie de bohème ; pas celle d'anticonformiste.

18

La plupart des putes avec lesquelles j'échangeais étaient malheureuses et isolées, mais aussi courageuses et raisonnées. Je les trouvais clairvoyantes ; elles dispensaient toujours des conseils avisés.

Elles rêvaient d'un monde meilleur.

La communauté de sœurs leur tenait plus que tout à cœur.

Nous ne nous considérions pas comme des concurrentes.

Les filles de l'Est étaient plus pauvres et désœuvrées que les autres, plus pauvres et désœuvrées que moi, en conséquence de quoi elles se donnaient du mal pour réussir et s'apprêtaient à l'excès. Elles retouchaient les photographies qu'elles diffusaient sur leurs sites traduits en plusieurs langues ; elles se payaient une ligne téléphonique professionnelle, qui leur permettait de s'inscrire sur Niamodel – une base de données d'*escorts* sur Internet. Ces femmes dont les aspirations, dont les rêves de liberté étaient entravés par les clients, exécraient ces derniers mais elles ravalaient leur nausée, relevaient toujours la tête, se projetaient dans un avenir radieux ou juste moins violent.

Je ne travaillais pas sur Niamodel, seulement sur Missive.info, sur Wannonces.com, sur les sites d'annonces généralistes où se trouvait ma clientèle. Ces sites présentaient des avantages sérieux pour les occasionnelles : l'inscription y était gratuite, contrairement à Vivastreet, et il n'était pas nécessaire d'y enregistrer son numéro de téléphone, ce qui m'assurait une relative discrétion. L'on y croisait des clients différents : les *punters* et les plus habitués traînaient sur Niamodel ; venaient à moi quelques novices, des inquiets et des curieux. Les moins dangereux. Tout allait pour le mieux.

Il me devint difficile, à compter de la mi-décembre, de recruter des prospects. L'homme normal, mon cœur de cible, disparut comme un oiseau migrateur après la fin de l'été. Il se recentrait sur sa famille, dépensait son argent dans des gadgets inutiles. Se désintéressait de moi. Cette indifférence me renvoya à ce que j'étais persuadée d'être : rien. Je ne pouvais plus me voiler la face ou me raconter des craques, j'étais incapable de me reprendre. Seulement bonne à me laisser marcher dessus, mais au moins, j'en étais consciente, n'était-ce pas le début d'autre chose ? Le froid envahissait les rues, les parcs et les appartements. Je restais à la maison et traînais sur Internet.

À cette période de l'année, les rares aspirants clients qui me contactaient ne m'intéressaient pas. J'hésitais toutefois à les rencontrer pour pouvoir payer mon loyer. Quelques-uns s'adressaient à moi dans des termes fleuris qu'ils devaient croire excitants, d'autres me décrivaient par le menu l'étendue de leurs fantasmes sur des dizaines de pages dont je ne lus à chaque fois que les premières phrases. J'y retrouvais toujours le même vocabulaire banal, des tournures mielleuses qui enrobaient le champ lexical de la violence ou de la possession. Grisélidis_R me félicita de ne pas parler ce langage, elle me dit que les mots utilisés par ces hommes étaient meurtriers. Qu'ils n'envisageaient peut-être jamais de me rencontrer, mais que par leurs messages, ils entendaient me prouver leur puissance, leur mainmise. Que si je m'étais abaissée à lire l'ensemble de leur prose, à considérer que mon temps était moins précieux que leur désir de s'exprimer, je les aurais laissés gagner. Elle dit, Tu n'as pas à satisfaire ces hommes-là.

L'honnêteté m'oblige à reconnaître que je les avais déjà laissés gagner, chaque fois que j'avais autorisé Arnolphe à empiéter sur mon temps libre et sur ma vie privée. Mais Grisélidis_R ne pouvait pas le savoir. Moi-même, à l'époque, je l'ignorais encore.

Les vacances d'hiver débutèrent ainsi, sans tristesse, sans envie, je demeurais seule dans ma studette. Je ne sortais que pour acheter à la supérette de quoi m'alimenter : des paquets de bonbons, du fromage. Des boîtes de conserve.

Candice partait quelques jours à Dubaï ; bookée par un client régulier qui lui avait tapé dans l'œil, elle n'avait aucune raison de décliner. Dans un message elle me proposa de l'accompagner, m'assura que les Arabes raffolaient des duos de jeunes filles libérées. Mais je n'étais pas une jeune fille libérée, je ne voulais pas voyager à ses côtés, rester avec un client, tout le jour et toute la nuit enfermée, vivre à ses dépens. Je ne voulais pas partager ma sexualité avec Candice, je ne voulais pas l'entendre me parler de révolution anticapitaliste – car sur le forum elle affirmait, c'était sa lubie du moment, que le *travail du sexe* était en phase avec ses convictions trotskistes. Et comme j'envisageais encore sérieusement de préparer mes examens de la rentrée, comme je préférais me contenter d'une vague relation virtuelle avec Candice mais pas d'une amitié, je déclinai.

Pendant quelques jours je ne quittai pas mon lit. J'y étais bien après tout, au calme, loin du vacarme extérieur. Je n'ouvrais la bouche que pour manger, je me remplissais toute la journée et toute la soirée. Puis un matin, je reçus cet appel de ma mère qui me dit : Je sais que tu es en vacances ; et si tu venais me voir ?

19

Alors, tout recommence. Métro désert, tourniquet, gare blindée. Naviguer entre les valises, trouver une place assise dans le train de banlieue. Coller mon visage à la vitre et fermer les yeux. Sentir le froid du dehors se presser contre ma joue, irradier mon corps jusqu'à le faire trembler. Enfiler ma capuche, inspirer lentement, souffler pour me réchauffer. Et à mon arrivée, traverser la ville à pied jusqu'aux grands ensembles excentrés.

Ma mère m'accueillit à la maison, souriante. L'appartement était toujours sale mais elle avait rangé ce qui traînait habituellement au sol. Le salon embaumait le gingembre, le cumin, la cannelle. Nous étions vendredi ; le jour du *seksou*. Je regardai ma mère et je lui souris. Comme ses clients prenaient tous leurs congés en même temps, elle ne travaillait jamais pendant la période des fêtes. Cela nous faisait un point commun.

Elle s'était affairée toute la journée, depuis le lever du jour elle cuisinait, et la voir si petite, si fragile, dépassée, s'agiter dans sa cuisine, m'émut davantage que lors de ma précédente venue ; elle faisait tant d'efforts pour tenir seule son rôle de parent, un rôle dont le costume était pour elle beaucoup trop grand. Elle porta la cocotte avec un torchon pour ne pas se brûler, la posa sur la table de la salle à manger, et comme je lui proposai mon aide elle se mit à crier *La benti*, je suis heureuse de te voir, tu es aujourd'hui mon invitée.

Au cours du dîner, la même discussion revint. Comment se passaient mes cours ? Quels étaient mes résultats ? Et pour devenir fonctionnaire, m'étais-je renseignée sur les concours ?

Je mentais toujours. Pas par plaisir, mais pour la préserver.

À la fin du repas, j'offris à ma mère des chocolats que j'avais achetés à Paris, dans la boutique du pâtissier le plus cher du quartier. Elle les repoussa et me dit Oh non, pas de cadeau de Noël, par pitié, tu sais bien que c'est *haram* !

Ce n'était pas un cadeau de Noël ; c'était un cadeau de retrouvailles. Elle accepta de les déguster et les trouva délicieux.

Je lui remis également un carré Hermès et lui expliquai que ce foulard se portait autour du cou. Elle eut l'air surpris. Mais elle me dit que j'avais bon goût, que ce napperon était fort joli. Elle le plia et le posa sur le meuble de la télévision. Je vis défiler sous mes yeux les économies que j'y avais mises : l'argent de la prostitution.

Ma mère m'interdit de débarrasser la table, de laver la vaisselle. Elle affirmait que ces tâches lui revenaient à elle. Puis elle me demanda de m'enfermer pour réviser.

Je ne me fis pas prier.

Seule dans mon ancienne chambre, je fus incapable de relire mes cours, je pensai à la profanation que je venais de commettre, en faisant entrer dans le logement familial le fruit de la prostitution. Est-ce qu'Andrea offrait des cadeaux à ses parents pour les fêtes ?

Candice m'adressa par MMS une photo d'elle en maillot de bain, sur la corniche d'Abu Dhabi. En guise de légende elle m'avait écrit Tu sais pas ce que tu rates ! Le client prend soin de moi, il me cajole il me gâte, je passe la meilleure semaine de ma vie !

Je ne me rendais pas vraiment compte du désespoir de cette fille, qui ne trouvait son salut qu'au milieu de ses clients. C'était pourtant flagrant.

J'aurais dû lui tendre la main.

Je lui rédigeai Chanceuse, profite... Pendant ce temps il y en a qui révisent...

Elle ne me répondit pas.

Le deuxième jour, Arnolphe tenta de me joindre. J'éteignis mon téléphone pour n'avoir pas à lui parler et découvris, le soir venu, les messages qu'il avait laissés sur mon répondeur. Il passait la semaine seul, privé de ses enfants, Odile était partie, il me proposait de passer la nuit chez lui. Je lui écrivis qu'il était un goujat ; il ne comprit pas pourquoi. Je lui rappelai que je ne travaillais pas gratuitement, qu'il était inadmissible que j'aie eu à lui réclamer de l'argent. Il se confondit en excuses ; me demanda de lui laisser une nouvelle chance. Il entendait me prouver combien il était respectable. Il ajouta qu'il fallait vraiment que je vienne chez lui, parce qu'il en avait envie, parce que mon corps lui manquait, parce qu'il me trouvait belle. Je déclinai : mon corps était réquisitionné par la présence maternelle.

— Ah oui, évidemment, tu fêtes Noël avec tes parents.

— Non. On ne le fête pas chez moi.

— Tu es israélite ?

— Tout à fait.

Mentir. Toujours. Sans arrêt.

Arnolphe me dit qu'il entendait se rattraper. Il ajouta que je savais tout à son sujet, qu'il aurait trop à perdre s'il me mentait. Je le crus. J'acceptai que nous déjeunions ensemble peu après la rentrée, avec l'impression d'avoir pris l'ascendant sur lui dans notre relation. Et lorsque je raccrochai, je réalisai ce que je venais de faire : négocier avec un client depuis le domicile de ma mère.

À mon réveil, le lendemain, je la trouvai, ma mère, dans la cuisine. Elle lavait la vaisselle et chaque fois qu'elle posait un ustensile sur le bac de séchage, elle se laissait traverser par un sanglot ; les spasmes qui agitaient son corps étaient de plus en plus gros. En entrant je lui dis *B'khir*, elle se retourna dans un sursaut et les yeux remplis de larmes elle me dit Le pigeon que je nourrissais est mort, *Allah irahmou*, j'ai perdu mon meilleur ami.

Je lui répondis *Amine* en la serrant dans mes bras, en la serrant si fort qu'elle en frissonna. Puis je décidai de passer du temps avec elle et de l'aider, durant toute la journée. J'attrapai des piles de vêtements et lançai une machine à laver, je triai le contenu du frigo, remplis un sac-poubelle de détritus et de produits avariés. Je plaçai les chaises sur la table, je passai l'aspirateur, je lessivai le lino du salon. Et à la tombée de la nuit, je m'endormis en me disant que non, je ne voulais plus de cette vie.

20

Le retour à la fac fut délicat. Je n'avais rien préparé et l'on me demanda de disserter sur des concepts que je ne connaissais pas. La séparation des pouvoirs. Le droit naturel. La possession d'état. Je n'étais pas plus bête que les autres. Simplement, je n'y arrivais pas.

Après les partiels de janvier, j'enviais toujours autant Agathe. J'aurais aimé, comme elle, m'enivrer dans les bars branchés du quartier de République et fréquenter des jeunes à la vie apaisée. Bercée par leur ivresse, la tête vide, je me serais laissé guider par leurs rires, puis par mes pas, la nuit, pour rentrer chez moi. Sans craindre qui que ce soit. Mais Agathe ne voulait plus de moi. Il en allait de même d'Andrea. Peut-être que la solitude me fit dérailler. Personne ne m'appelait jamais, personne ne m'invitait nulle part, enfin, pas exactement. Retour brutal à la réalité : Arnolphe me proposait de déjeuner près du Panthéon. Il supervisait la cérémonie des vœux de Germanopratin à la Mutualité. J'avais accepté d'autant plus facilement que c'était à côté de la faculté.

Qu'attendait-il de moi et comment étais-je supposée me comporter ? Appartenait-il à la catégorie des hommes à femmes, ceux qui n'aimaient pas les femmes ? Était-il encore un homme et méritait-il le respect, ou bien n'était-il plus qu'une bête assoiffée de coïts ? Dans la mesure où j'en suis désormais sortie, bien vivante, les réponses à ces questions me paraissent évidentes : Arnolphe était un manipulateur et ne méritait que mon dédain. Mais au moment des faits que je relate, le doute m'envahissait. Il avait tant manœuvré pour me persuader de sa bonne foi que je ne savais plus quoi penser. Des interrogations de toutes natures débordaient de ma tête tandis qu'au restaurant je m'installais sur la banquette, souriante, légèrement plus apprêtée qu'à l'accoutumée, résolue à converser avec un enthousiasme feint à propos de sujets qui ne me laisseraient aucun souvenir. À son arrivée, Arnolphe me dévisagea longuement en silence avant de s'attabler face à moi. Mon cerveau bouillonna de plus belle ; en raison des partiels qui s'achevaient à peine, et dont j'avais sous-estimé la difficulté, je n'avais pas côtoyé de nouveau client depuis un certain temps. Mais ce déjeuner, dans quel contexte s'inscrivait-il ? Étais-je toujours une *escort* face à son client ou s'agissait-il d'autre chose ? Une nouvelle fois, je me reprochai mon comportement. Si j'avais mis les choses au clair dès le début, je ne me serais pas trouvée là, à faire la pimbêche au restaurant sans savoir comment j'allais régler mon loyer de janvier.

Arnolphe, lui, paraissait apaisé. Il observait la carte avec attention, l'expression de son visage variait en fonction de l'intérêt qu'il portait aux plats. Quand il eut choisi ce qu'il allait manger, il me demanda :

— Tu as vu la couverture de *Valeurs actuelles* ?

— Non.

— J'ai bien fait de l'apporter !

Lâche, je feignis de m'intéresser au magazine qu'il me tendit en me frôlant la main. C'était un numéro spécial Primaires du Parti – primaires qui interviendraient dix mois plus tard. OGP n'avait pas de sérieux concurrent, c'est ce qu'il était écrit. Ah, dis-je sans enthousiasme, soucieuse de masquer les différentes hontes qui me rongeaient, à force de passer du temps avec ce militant d'extrême droite, de l'écouter dire et de fermer ma gueule en oubliant qui j'étais. Je baissai la tête, respirai lentement, la relevai en silence. Arnolphe tout sourires rangea le journal dans sa sacoche et rechercha mon regard. Il me caressa le pied de sa chaussure cirée, posa sa main sur mon genou sous la table, puis cessa de me tripoter en exhibant une moue contrite. Ce mouvement accentua la profondeur de ses rides. Il m'invitait pour se faire pardonner, pour me prouver son honnêteté et dans ce cadre, il se permettait encore de me toucher. Il tentait vainement de se rassurer sur son pouvoir de séduction.

Il m'utilisait.

Il me dégoûtait.

Pour être tout à fait exacte, je perçus les détails de cette scène comme si j'en étais spectatrice, comme si une partie de moi-même était montée au ciel et m'observait de haut, tandis que l'autre restait installée sur la banquette de ce restaurant. Je me souviens qu'au moment où Arnolphe tenta de capter davantage mon attention, à ce moment où il me demanda ce que je pensais de notre relation, quand il sous-entendit que nous formions sans doute un couple, je portais un verre d'eau à mes lèvres et m'étouffai en le buvant. Arnolphe se tut, puis se montra nerveux. Il renversa son vin sur ma robe. Je me levai d'un bond. Il déposa du sel sur la tache, demanda que l'on m'apporte des serviettes.

Son téléphone vibra, il l'éteignit frénétiquement, puis me regarda dans les yeux pour me demander On devient quoi nous deux ? Qu'est-ce que je représente pour toi ? Je lui adressai un sourire que je voulus presque bienveillant, un sourire qui aurait pu signifier, s'il avait pris la peine de l'interpréter, de s'intéresser à quelqu'un d'autre que lui, à autre chose qu'à ses ressentis, un sourire qui aurait pu signifier N'y pense même pas, discutons d'autre chose. Mais je ne formulai rien, par crainte de l'humilier.

Et comme Arnolphe recommença à me parler de son épouse en des termes peu savoureux, comme je compris qu'il souhaitait instaurer entre nous une forme de concurrence, je prétextai une malheureuse urgence familiale pour m'extraire de ce déjeuner.

Cette fois encore, il ne m'avait pas payée.

21

À la sortie du restaurant, devant la maison de la Mutualité, j'aperçus de dos une silhouette familière, de larges épaules, une nonchalance dans la démarche, des cheveux bruns ébouriffés.

Victor.

Je ne rêvais pas, non, il s'agissait bien de ce corps que je connaissais par cœur, de ce corps dont je sentais toujours l'odeur, une odeur de menthe poivrée mêlée à de la sueur. Je clignai des yeux; les rouvris. Il se tenait là, quelques mètres devant moi. Je voyais encore, à travers ses vêtements, le grain de sa peau veloutée et le dessin formé par ses poils d'homme, pas des poils drus non, des poils fins et soyeux. Me revinrent les souvenirs fugaces de sa bouche sur ma peau, de mon oreille sur son torse, ce qui me permettait d'écouter l'accélération des battements de son cœur. L'apercevoir ce jour-là fit renaître ce que j'étais parvenue à réprimer mais qui à nouveau me consumait. Je repensai à notre rencontre, lors de la soirée d'Agathe au Silencio. J'avais vu Victor me regarder; notre rapprochement fut une évidence. Je dansais mal; il s'en foutait. Nous formions presque un couple. Des photographies en attestaient, des portraits de nous deux enlacés, qu'il publiait sur son fil d'actualité et que tout le monde pouvait admirer. J'appris qu'il les avait supprimées. Pour ne laisser aucune trace.

Devant la Mutualité, je voyais Victor s'éloigner sans m'avoir jeté un regard, sans même savoir que je me trouvais près de lui, sans même savoir que je sentais son mépris. Victor ne m'aimait pas et la douleur en moi, que les passants ne voyaient pas, cette douleur me rongeait le ventre et faisait vriller ma tête. Victor me l'avait bien fait comprendre, il trouvait les putes moins fréquentables que les bêtes. Et Victor, j'en étais sûre, trouvait d'innombrables excuses aux bêtes : Ce sont des hommes qui se sentent seuls. Qui ont des besoins. Qui décompressent. Qui se déniaisent. Ce sont des séducteurs. Qui ne font rien de mal. Mais sans doute Victor faisait-il preuve à l'égard des putes d'une moindre indulgence : Elles ne se respectent pas. Elles sont indignes. Elles sont vulgaires. Elles sont malades. Ce sont des femmes à problèmes. Il faut les exclure. Elles ne valent rien.

La silhouette de Victor disparut de mon champ de vision. Le visage rougi par le froid, j'attrapai la ligne 12 à Sèvres-Babylone et trouvai une place assise dans la rame. Un musicien jouait *Bella ciao* à l'accordéon ; j'enfonçai mes écouteurs dans mes oreilles. Quand il s'approcha de moi, je lui dis *Allah ijib* ; il changea de wagon.

Pendant le trajet, je me repassai la scène que je venais de vivre, Victor que je venais de voir, et je m'imaginais lui parler, débarrassée de toute inhibition. D'abord quelques banalités, Ça fait longtemps, comment vas-tu ? avant d'entrer au cœur du sujet. Je l'aurais traité de misogyne. Je lui aurais rappelé les faits, implacables, car Victor couchait avec un nombre incalculable de femmes, de toutes formes, de tous âges, mais il le faisait gratuitement, sans jamais rien y gagner. Parfois juste pour le plaisir d'être un peu insistant, parfois juste pour le plaisir de faire tomber des résistances. Ou de faire grandir en nous ce sentiment d'insécurité qu'il avait soigneusement distillé et dont je ne parvenais pas à me débarrasser. Il ne voyait pas le mal et pourtant ; il était la dernière personne à pouvoir juger de la moralité de mes activités.

C'était d'autant plus vrai qu'il dépendait entièrement de l'argent de ses parents. Jamais il n'avait eu à travailler, jamais il n'avait éprouvé de difficulté à se concentrer sur un cours après une journée ou une nuit bien chargée, occupée à garder des enfants, à gérer la caisse d'un magasin ou à assurer le service d'un restaurant. Mais son oisiveté n'était pas conforme à l'image qu'il prétendait renvoyer de lui, alors il compensait, révisait avec acharnement, il faisait le beau à tous les rassemblements politiques, il *photobombait* même quelquefois pour se faire voir. Il se donnait de l'importance comme il le pouvait. Dans le fond, j'aurais peut-être dû le plaindre.

J'avais quant à moi besoin d'argent pour me nourrir, mais également de temps pour étudier, pour attirer l'attention sur moi et pour simplement exister. Alors je me prostituais, mais la sélection des clients s'avérait minutieuse et chronophage, entre les fantasmeurs, les poseurs de lapins, les hommes grossiers, les vulgaires, les arnolphes. Je naviguais à vue comme je le pouvais, pour rechercher un client capable de me rétribuer un peu mieux que les autres. Parfois, une mycose vaginale ou un bouton de fièvre me conduisait à envisager de nouveaux moyens de gagner ma vie, alors j'acceptais quelques missions d'intérim pour me sortir la tête de l'eau. Toute cette organisation me demandait un investissement immense. J'avais acquis des compétences en débrouille, en planification, en création de process. Beaucoup d'instinct, aussi. J'aurais pu le partager avec quelqu'un ou le mettre au profit d'une quelconque structure. Mais en dehors de la putosphère et de ma pathétique relation avec Arnolphe, l'ensemble de mes tentatives d'approche étaient vouées à l'échec. Je m'isolais doucement.

22

Les semaines qui suivirent fleuraient bon le printemps. Arnolphe me réclamait régulièrement et je crois qu'il était heureux, c'est ce que je lisais dans ses yeux ou ce qu'il me laissait voir, chaque fois que l'on se retrouvait à l'hôtel ou au restaurant, pas chez lui, surtout pas chez lui, Odile était revenue, elle aurait fait un scandale, m'avait-il avertie. Arnolphe n'était désormais qu'un client régulier et je n'attendais rien de notre relation, rien que l'argent qu'il me versait. Je ne côtoyais personne d'autre ; plus aucun ami. Me remémorer cette période ne me rend pas nostalgique.

Durant les ponts du mois de mai, les Parisiens quittaient la capitale et je restais chez moi. Je me nourrissais de bonbons dont je jetais les emballages sous mon lit en relisant mes cours, que je recopiais de temps à autre sur des fiches cartonnées. La journée, un soleil timide irradiait ma studette de sa lumière tiède et réchauffait ma peau. Il m'arrivait, à la tombée de la nuit, de me promener sur la butte Montmartre pour m'imprégner de l'atmosphère de la ville. Je suivais à chaque fois le même itinéraire, qui me conduisait toujours au même endroit : rue du Chevalier-de-La-Barre, au numéro 35. La basilique du Sacré-Cœur s'y érigeait avec fierté, de son blanc lumineux qui transperçait l'obscurité. Depuis le parvis, je dominais Paris et j'observais tout, à commencer par ces joueurs de djembé, assis sur les marches. Je les regardais de haut.

Une nuit, de retour chez moi, je découvris un message d'adieu de Candice auquel je ne m'attendais pas : elle se casait définitivement, en couple monogame avec son dealer-client, un homme violent, nerveux, particulièrement jaloux, et comme il lui avait demandé de cesser de se prostituer, elle s'exécutait. Changeait de numéro. Coupait les ponts à jamais.

Pour elle, la putosphère n'existait plus.

Les passes, les clients non plus.

Il s'agissait évidemment de toxico-dépendance et de misère affective, mais j'avais aussi le sentiment que Candice nous fuyait. Qu'elle se figurait que cet homme la sauverait. La raison pour laquelle elle acceptait de tout plaquer était évidente à mes yeux : elle voulait être aimée, mais plus que tout elle voulait être sauvée. Elle devait croire que les substances fournies par ce type lui permettraient de tout oublier.

Je ne répondis pas à Candice. Je ne cherchai ni à la retenir, ni à la dissuader. Je ne lui dis pas que se caser avec un dealer était une très mauvaise idée. Son histoire ne pouvait que mal finir, j'en étais persuadée, mais je ne songeai pas à lui venir en aide, parce que j'étais moi-même embourbée dans mon quotidien. Je ne pensais qu'à moi-même. Totalement autocentrée. Je me couchai cette nuit-là et, tout en conservant les yeux ouverts, je me promis à voix haute de ne jamais laisser un client tenter de me sauver.

Le jeudi de l'Ascension, tôt le matin, quelqu'un frappa à ma porte. Je ne voulais pas être dérangée, pas être sortie de mes pensées, je restai immobile et cessai de respirer. M'isoler chez moi pour observer le lever du jour était tout ce à quoi j'aspirais, mais l'intrus continua de cogner. Il ne s'arrêterait jamais. Je cherchai du regard un objet pour l'assommer, j'étais prête à en découdre, à résister, mais j'entendis la voix du gardien s'élever et dire Je sais que vous êtes là, j'ai reçu hier un bouquet de fleurs pour vous.

J'ouvris la porte. Le petit homme qui s'impatientait me tendit un immense bouquet de roses rouges et repartit aussitôt. D'un coup sec, j'arrachai la carte dorée, pliée en deux, agrafée à l'emballage de papier, sur laquelle était imprimé À ma Lila, mon adorée. Le bouquet me parut trop envahissant pour ma petite chambre; je le jetai à la poubelle.

Je m'exhortai pourtant à croire qu'il provenait de Victor. Mon portable à la main, je m'assis sur le sol et lui adressai un message de remerciement, assorti d'une photographie des fleurs, que j'avais retirées de la corbeille le temps du cliché. Immédiatement après, je lui envoyai un mot d'excuse, Pardon, erreur de destinataire. Puis je souris dans mon coin; je me trouvai subtile, rusée, j'étais fière de me rappeler à son souvenir, de lui faire croire que je l'avais remplacé. Parce qu'il m'avait quittée, parce qu'il me manquait. Mais mon plaisir fut de courte durée. Victor me répondit Efface mon numéro et arrête de me faire chier.

De honte et de douleur, ma gorge se serra. Sans un bruit, dans le silence du matin de l'Ascension, les larmes me montèrent aux yeux et coulèrent lentement le long de mes joues. Je n'avais pas pleuré depuis des mois. Je croyais m'être endurcie. Ce n'était pas le cas.

Depuis cette période, lorsque je suis triste ou effrayée, mon cerveau altère en partie la réalité et imagine des scénarios qui me rendent dingue: ces fleurs m'avaient été offertes par Arnolphe, mon unique client régulier. Un client du même acabit que celui qui harcelait Candice et l'inondait de cadeaux. Un psychopathe qui avait découvert mon nom et mon adresse en m'espionnant, et qui allait me traquer, me harceler ou me faire chanter.

Je regrettai d'avoir méprisé Candice, de l'avoir mise de côté, d'avoir refusé son amitié. J'aurais aimé pouvoir lui dire, tout bas, à l'abri des regards, la peur qui me traversait. Une peur qui ne laissait pas de traces apparentes. Une peur difficilement compréhensible pour les personnes ne l'ayant pas déjà connue. Mais son numéro n'était plus attribué alors je devais me faire à cette idée : j'étais seule. Appeler la police était la dernière chose à faire, ces problèmes-là ne se réglaient pas de cette manière. Les flics m'auraient signalée à l'Urssaf, j'en étais persuadée, ce qui n'aurait généré que des catastrophes en cascade dans ma vie : un isolement de plus en plus grand, des rappels de charges sociales, un incommensurable besoin d'argent. Alors pour tenir, je m'accrochai à cette illusion de liberté : je pensais que je faisais mes choix librement. C'était mon seul moyen de ne pas totalement sombrer.

Mais l'angoisse me figeait le corps ; j'avais du mal à respirer. Arnolphe me téléphona ; j'hésitai d'abord à décrocher. Je craignis de lui laisser trop de place, qu'il se croie autorisé à me harceler. Puis je me dis qu'il ne me lâcherait pas si je ne le lui demandais jamais.

J'acceptai son appel.

Il me dit Bonjour Lila, as-tu reçu mes fleurs ? avec dans la voix une espèce de douceur qui tranchait avec la situation.

— Ne m'appelle pas Lila.

— C'est pourtant le prénom que l'on entend sur ton répondeur.

— Peu importe, dis-je après une légère hésitation.

— Lila, Lila j'ai découvert des choses sur toi, tes origines, ton prénom, des choses que tu n'as pas souhaité partager avec moi. Cela m'a un peu vexé, je le reconnais, j'ai besoin de savoir où l'on va, Lila, comprends-moi, notre engagement est asymétrique et j'ai beaucoup plus à perdre que toi. J'aimerais que tu t'investisses. On ne peut pas continuer dans la demi-mesure. Si tu ne t'impliques pas davantage, je me demande si l'on ne devrait pas.

— Du chantage ?

— Ça n'a rien à voir avec du chantage, mais tu sais bien que je.

— Non, je ne sais pas. Non, je ne veux pas savoir et d'ailleurs je ne veux plus te voir. Je ne veux pas non plus recevoir de présent de ta part.

Arnolphe fit semblant de me retenir :

— Mais enfin, laisse-moi finir ! Si l'on était ensemble je te mettrais à l'abri du besoin et tu n'aurais plus à faire ça, à tapiner, à te taper des bons à rien. Est-ce que tu aspires au couple ? À l'amour ? Sache que je ne te propose rien d'autre. S'il te plaît, Lila réfléchis bien. À mes côtés tu serais officiellement quelqu'un.

— Arnolphe, enfin, tu es encore marié !

— Mais je.

— Et tu es trop vieux pour moi.

— L'amour n'a pas d'âge, se rassura-t-il.

Cette phrase me fit vriller.

— Ton amour a évidemment un âge Arnolphe ; vingt à trente ans de moins que le tien. Aurais-tu remarqué mon existence si j'avais été plus âgée ? Si j'étais née la même année que toi, ou plus tôt d'une seule décennie ? Tu ne te soucies que de toi, de toi et de tes envies, et tu n'es pas assez intelligent pour le voir. Je te rappelle que j'ai dû insister pour que tu daignes me payer. Comment as-tu pu croire que j'accepterais de coucher avec toi gratuitement ?

— Lila, tu te trompes sur moi, laisse-moi te le prouver, laisse-moi te sortir de là, ou la prostitution te détruira. Écoute-moi, Lila, je veux te préserver de ça.

— Ça suffit, Arnolphe, lâche-moi. Je n'ai pas envie de discuter.

Je lui raccrochai au nez et bloquai son numéro.

Il y eut un bref moment suspendu, quelque part entre la conscience et l'effroi. Je me rallongeai sur mon lit, m'incitai à respirer lentement afin de me calmer. Pour la première fois, je n'avais pas préservé l'ego d'Arnolphe et désormais, contrairement à ce qu'il affirmait, j'avais moi aussi beaucoup à perdre.

Mon ventre cognait à l'idée qu'il me traque à nouveau, qu'il se venge. Qu'il parle de moi à Victor, ou qu'il aille plus loin, encore. Son ombre planerait comme une menace au-dessus de moi ; je n'avais rien fait pour mais un jour, si Arnolphe révélait mon activité, je serais totalement grillée. Peut-on s'habituer à la permanence du danger ?

Je me souviens m'être levée pour rechercher dans ma bibliothèque un livre que j'avais étudié au lycée, dont une phrase me revint en tête sans que je ne puisse la réciter. *Les Liaisons dangereuses*, de Laclos. J'en feuilletai nerveusement les pages à la recherche de la phrase qui me manquait, celle qui résumait la situation dans laquelle je me trouvais. Quand je la redécouvris enfin, surlignée de jaune sur une page cornée, je me déplaçai de trois pas jusqu'au miroir. J'observai mon reflet quelques secondes, m'étonnai de la teinte rouge vif de mes joues, puis me concentrai à nouveau sur ces mots que je lus à haute voix : *Toute femme qui consent à recevoir dans sa société un homme sans mœurs finit par en devenir la victime.*

L'injustice entre les femmes et les hommes me frappait à chaque instant de mon existence. Mais au lieu de la combattre, je m'étais contentée de vivre avec et d'oublier qui j'étais.

L'idée de partager mes craintes avec les membres de la putosphère effleura mon esprit, mais je ne parvins pas à leur écrire que je n'en avais fait qu'à ma tête, je n'osai pas leur dire qu'en dépit des mises en gardes de Grisélidis_R contre les *Sugar Daddies*, j'avais foncé tête baissée dans une relation avec un homme de cette espèce. J'avais bêtement suivi les conseils de Candice, qui avait prétendu aimer se prostituer, mais qui à la première occasion avait décidé de nous lâcher. En révélant aux putes quoi que ce soit concernant cette histoire, je les aurais déçues. Je ne pus m'y résoudre.

La nuit qui suivit fut particulièrement mouvementée. Pour se calmer, mon esprit se réfugia dans un passé proche où tout me semblait permis, quand rien n'était gâché, que j'allais en cours et que Victor m'aimait. Mais je ne parvenais plus à dessiner les contours de sa bouche, à retrouver la couleur de ses yeux, la texture de ses cheveux. Je voulais pourtant revoir ce corps et m'imprégner de son image une dernière fois. Je tapai son nom sur Internet. J'y retrouvai des photographies issues de son CV en ligne et de ses profils sur différents réseaux sociaux. En cliquant sur les photos j'atterris sur les pages où il les avait publiées. Je fouinai et regroupai les morceaux de sa vie, dont il inondait le Web. Je remontai jusqu'à nos deux visages côte à côte et cela me déchira le cœur ; gravures de mode couleur sépia, grain lissé, sourires narquois. Impossible, je ne pouvais pas.

Clic sur la croix.

Je lus quelques-uns des messages qu'il avait postés sur son compte Twitter. Dans le plus récent, il écrivait : Heureux et fier d'être investi par le Parti dans la 18e circo pour les législatives de l'an prochain.

La honte. Victor était candidat aux élections législatives dans un parti d'extrême droite. J'en aurais vomi de dégoût. Mais nos destins seraient toujours liés : plus son ascension serait vertigineuse et plus raide serait ma chute.

23

Durant les vacances d'été, Paris se vidait de ses habitants. Le soir des accordéonistes faisaient danser les foules de touristes sous mes fenêtres, laissées ouvertes parce que la chaleur m'asphyxiait. Pour maintenir mon niveau de vie, je revis mes critères de sélection à la baisse.

De ma rencontre avec Martinon, je me souviens de détails : les fautes d'orthographe qui parsemaient ses messages, en particulier les participes passés qu'il confondait avec les infinitifs. Les vêtements sales qui envahissaient le sol de son appartement. Le jogging gris qu'il portait, comme s'il voulait me signifier que je ne méritais pas qu'il s'apprête. Son adresse (95, rue de Grenelle). Le pseudonyme qu'il utilisait (Mickaeldu75). Il souhaitait que l'on passe la soirée ensemble. À deux cents euros de l'heure, cela aurait dû me rapporter entre six cents et huit cents euros. C'était pour cela que je me déplaçais.

Mickaël mesurait deux têtes de plus que moi et m'attendait sur le seuil de sa porte, les bras croisés, le visage fermé. Il ressemblait à ces hommes que rien n'effraie. Le contraste avec ma personne me saisit à la gorge ; sans cesse et partout, j'étais en danger. Je considérais les hommes comme de potentiels agresseurs, et avant chaque rendez-vous j'évaluais désormais les moyens de m'enfuir en cas de malheur : les issues de secours, la hauteur des fenêtres, l'emplacement de l'escalier de service, le nombre d'ascenseurs. Cela me rassurait. Dans son appartement, Mickaël s'approcha de moi et m'examina, il me demanda de faire une révolution sur moi-même et me dit avec un sourire aimable qu'il me trouvait jolie. Je l'en remerciai, regrettai aussitôt; merci de quoi? Qu'est-ce que cela m'apportait, qu'il me trouve jolie?

Mickaël me remit six billets de cent euros que je recomptai, puis que je rangeai dans mon sac, accroché au porte-manteau de l'entrée. Il retira ma robe, je levai les bras comme une enfante qui se laisse faire, et d'un coup.

D'un coup, il aspira mes tétons et les mordit; je laissai échapper un cri. Il me servit du champagne et voulut voir mon cul, à quatre pattes, entièrement nue. J'ignore combien de verres il me fit ingurgiter – j'acceptai bêtement parce qu'il insistait, c'était son anniversaire et nous devions le célébrer. J'ignore combien de fois il utilisa la bouteille pour me pénétrer. Lorsqu'il s'agita sur moi, mon corps réagit d'abord de manière automatique, comme si rien ne m'importait davantage que de satisfaire les pulsions de cet inconnu. Plus tard dans la soirée, je me vis de haut, de loin, essayant de le frapper avec mes avant-bras. Des coups dans le vent. Ma bouche poussa des hurlements de douleur. Mickaël me cogna la tête au sol pour me faire taire.

Après des heures de lutte, je crois qu'il se lassa. Il ouvrit la fenêtre, s'allongea dans son lit, s'alluma une cigarette. Je pressai mes genoux contre ma poitrine, mon souffle à l'arrêt, mon corps à l'écoute. Sur la table de nuit, un radioréveil indiquait deux heures du matin en chiffres bleutés. Je calculai dans ma tête, à vitesse grand V: nous avions passé six heures ensemble. Or Mickaël ne m'en avait payé que trois en début de rencontre. Il me devait six cents euros supplémentaires, que je réduisis à quatre cents pour atteindre mille euros, tout rond, afin de lui être agréable – un réflexe de victime.

— Je ne vais pas tarder.

— Ouais c'est ça. Tu peux te casser.

— Pour le règlement, je te propose de me payer au forfait : mille euros, le prix d'une nuit, au lieu du tarif horaire. Tu économises deux cents euros. Donc il faudrait que tu m'en donnes quatre cents supplémentaires.

Mickaël se leva péniblement en crachant sa fumée sur mon visage. Savait-il que j'avais mal, j'entends, physiquement mal ? Que j'espérais ne jamais le revoir ? Il fouilla dans un sac et en sortit un chèque déjà rempli qu'il me tendit.

Quatre-vingts euros.

Je le regardai dans les yeux avec insistance, sans rien dire. J'abhorrais tous les clients, mais Martinon me parut être le pire. Il gueula qu'il n'avait que ça et que si je n'étais pas contente, c'était la même chose, parce que j'étais trop chère pour le niveau de prestation fourni. J'ouvris la bouche, aucun mot n'en sortit. Je me déplaçai vers mon sac ; mes billets n'y étaient plus. Je parvins finalement à protester mais il redevint violent. Son poing cogna la lampe de chevet, qui se fracassa au sol dans un bruit sourd. Je m'échappai de son appartement, me rhabillai sur le palier en reniflant, rentrai chez moi à pied dans la nuit chaude et silencieuse, ravalai mes larmes et ma nausée.

Je m'éveillai le lendemain à l'aube, sans savoir si j'avais rêvé cette scène ou si elle s'était vraiment produite. Je sortis de ma poche le chèque de la veille, plié en quatre, dont j'inspectai les détails, un moyen de me confronter au réel. Je l'encaissai le jour même ; je n'aurais pas dû. Ce chèque est déclaré volé, me dit mon conseiller bancaire, nous ne pouvons pas créditer votre compte.

L'opération me coûta cinquante euros de frais de dossier.

Je me reprochai longtemps d'avoir été pleinement active dans cette histoire. De m'être librement déplacée chez Martinon. De ne l'avoir pas repoussé en début de rencontre, de n'avoir pas conservé mon sac près de moi, d'avoir bu du champagne jusqu'à devenir soûle, de n'avoir pas surveillé l'heure. De ne lui avoir pas asséné de coups de pied dans les couilles, de n'avoir pas franchement manifesté mon mécontentement. Je m'étais sciemment jetée dans la gueule du loup, retrouvée dans une situation où crier se débattre frapper ne suffisait pas. N'aurais-je pas dû le tuer ? Sitôt la pensée apparue je la réprimai ; il était interdit d'envisager ces choses-là.

Et quand bien même, face à lui je ne faisais pas le poids.

Je m'épanchai sur la putosphère au sujet de cette affaire. Dès qu'elle lut mon message, Butchette entra dans une rage que rien ne parvint à apaiser. Face aux attaques, les putes n'avaient pas vocation à s'apaiser.

Toutes nos sœurs reconnurent Martinon, apparemment célèbre dans la profession. Grisélidis_R me raconta l'histoire de celle qu'il avait frappée et séquestrée, ou de cette autre qu'il avait rétribuée en faux billets. Elle ajouta que ce Martinon cherchait à nous posséder. Que par la violence ou par le vol, il croyait tout pouvoir s'approprier. Elle insista sur le fait que nous, victimes, étions entendues et que par la communauté de putes nous étions soutenues.

Puis elle m'orienta vers un inspecteur de la BAC du 15e arrondissement ; tout en demeurant anonyme, il fallut que je raconte, calmement. Par téléphone. Chaque souvenir, chaque détail se transformait en mot qui trébuchait sur ma langue et s'échappait dans un souffle. Je parlai des coups. Des pénétrations violentes avec une verge, une bouteille, une main. Oui, dans l'anus, le vagin. Un préservatif peut-être, je crois, je ne savais plus. Des coups sur le visage, des hématomes dans le dos, des traces de morsure sur la peau. Pas d'argent, non, il ne m'avait pas payée. L'inspecteur me dit d'une voix grave et apaisée que l'on m'avait *violée*, qu'il fallait nommer les choses. Qu'en ne les nommant pas on se condamnait à la psychose. Il me demanda si j'avais subi des violences sexuelles dans l'enfance, je lui répondis Non, pas à ma connaissance. J'ignorais encore que le fait, pour un trentenaire, d'entretenir une relation avec une enfante de treize ans constituait précisément une violence. Il ajouta que Mickaël Martinon violait en série de jeunes *escorts* – les jeunes étaient plus vulnérables, parce que généralement occasionnelles, elles cachaient leur activité à leur entourage. Martinon savait qu'elles encaisseraient et ne se plaindraient pas. Mon interlocuteur avait recueilli plus de soixante témoignages téléphoniques semblables au mien, mais pas la moindre plainte, aucune preuve formelle. Il avait besoin de moi. Cela impliquait que je décline ma véritable identité ; je refusai. Il me dit Fleur, vous ne devez pas avoir honte. Je sais que vous voulez rapidement passer à autre chose mais vous devez témoigner sous votre vrai nom. C'est notre seule chance de le voir condamné.

Il ne comprenait pas. Il ne pouvait pas comprendre. Martinon m'avait peut-être *violée*, mais je ne croyais pas avoir besoin de passer à autre chose. La plupart de mes clients s'évaporaient de ma mémoire quelques jours après notre rencontre ; il y avait trop de peaux, trop de sexes, trop de poils, trop de mensonges pour que je me souvienne de tout. Ce phénomène, dont je découvris plus tard qu'il portait le nom d'amnésie post-traumatique, me protégea longtemps.

Après cet épisode, des scènes atroces me hantèrent régulièrement, le soir. Je les crus d'abord sans rapport avec cette histoire, refusai l'idée d'une réminiscence, crus que mon esprit mettait en scène des faits divers que j'avais lus. Des petites filles mariées de force à des malades, à des pédocriminels qui n'attendaient que la nuit de noces pour leur faire du mal. Je voyais ces enfantes endimanchées dans des robes de mariée, le visage éteint, le regard baissé. Parfois elles n'étaient pas mariées, parfois elles n'étaient pas violées, *juste* agressées, *juste* attouchées. Chaque fois que ces visions apparaissaient, je pleurais d'angoisse dans mon oreiller, à défaut de pouvoir les chasser.

À la fin des vacances, après un été passé à me haïr, je ne me présentai pas aux rattrapages. Je préférai le redoublement. Ne plus être dans la promotion d'Agathe et d'Andrea, repartir sur de nouvelles bases et tenter de rentrer dans le rang.

II

24

Quiconque entendait le nom de Francesco Forguette avait des images plein la tête. Des centaines de photographies de femmes dénudées à l'allure juvénile, toutes maquillées, toutes retouchées. Des femmes dont les poses lascives excitaient le chaland et dont les bouches entrouvertes paraissaient susurrer Je suis belle et disponible, je fais tant d'efforts pour te plaire. Ceux qui les côtoyaient les désiraient souvent, mais aucun n'aspirait à leur venir en aide; ces filles avaient des vies tourmentées, des pères absents, des enfances abusées, des *stalkers*, des problèmes de drogue ou d'argent. Des difficultés que personne n'entendait résoudre et des peines dont le monde entier se foutait. Je me souvenais avoir vu sur France 2 un reportage qui retraçait la vie de Francesco, son enfance à Grenoble, au milieu de sex-shops, puis à Alger, parmi les prostituées. Francesco ne fréquentait plus sa famille biologique depuis qu'il avait trouvé dans le X une famille de substitution. Il posait parfois aux côtés de jeunes créatures qu'il exhibait comme des trophées. Dans plusieurs interviews, il détaillait la manière dont il percevait son métier, comme un moyen d'exprimer sa sensibilité artistique : il enseignait autrefois les arts plastiques à des collégiens, et produisait désormais des films destinés à un public adulte. Il empruntait régulièrement sans la créditer une citation d'Annie Sprinkle, une actrice, militante et réalisatrice qui affirmait que la solution au mauvais porno n'était pas l'interdiction du porno, mais la production d'un meilleur porno. Et si Francesco faisait sienne cette formule prononcée par une autre, c'était parce qu'elle exprimait avec la plus grande précision le fond de sa pensée – du moins, c'était ce qu'il racontait. Sprinkle n'a jamais eu l'occasion de le contredire; si elle l'avait vu dire, elle l'aurait sans doute recadré, accusé de dénaturer son propos. Toujours est-il que l'opinion de Francesco était partagée par beaucoup de monde et me paraissait à l'époque pleine de sens.

Fin septembre, l'automne tomba d'un coup, bien réglé, comme un métronome. Les visions que je crus un temps disparues resurgirent dans la nuit, terreurs incandescentes qui enserraient mon corps, qui raréfiaient l'air et me maintenaient éveillée. L'on croit s'effondrer. Mourir de douleur. Mais on se lève à la première lueur du jour pour contredire la peur.

Je bravai la fraîcheur matinale, enfilai une culotte, un débardeur, aspergeai mon visage d'eau froide. Dans la grande glace qui surplombait le lavabo, j'aperçus mon reflet, les cernes violacés sous mes yeux, les traces d'acné qui constellaient ma peau. J'entrouvris la bouche pour prononcer un mot, n'y parvins pas. Retournai m'allonger.

Je posai mes mains sur mes paupières, puis je caressai mes tempes, mes joues, ma gorge, ma poitrine, mon ventre, mes jambes. En aucun de ces endroits je ne sentis la pression de mes doigts sur ma peau. L'impression de n'être plus qu'une enveloppe vide. J'implorai mon cœur, m'efforçai d'en visualiser les pulsations, de sentir ses battements, le flux de la vie qui se maintient – en vain. Ces derniers mois, j'avais accumulé les mauvais choix, ceux qui conduisaient à l'isolement et au repli sur soi. Depuis que Victor m'avait quittée, depuis que j'avais jeté Arnolphe en prenant le risque qu'il se venge, depuis qu'Agathe et Andrea m'évitaient et que Candice n'était plus là, je ne partageais aucun projet avec qui que ce soit, pas même avec mes sœurs de la putosphère. J'avais pourtant des idées à faire valoir, des choses à accomplir, comme tout le monde. L'envie d'une vie meilleure. Devenir quelqu'un.

Lorsque nous étions plus jeunes, avec Andrea, nous avions des camarades qui n'étaient pas des amis, juste des ombres du quotidien. Nous ignorions que nous appartenions à des communautés ; nous ne connaissions rien d'autre. Il y avait la misère, aussi, celle que l'on ne voyait pas parce qu'elle était partout autour de nous, parce que nos vies étaient comme ça : manquer de tout, ne jamais s'en plaindre et rester entre nous. La religion ne s'était pas encore infiltrée en banlieue, c'était une décennie joyeuse et multiculturelle qui débuta avec la victoire de la France à la Coupe du Monde, une France black, blanc, beur en laquelle croyait la jeunesse populaire, une France dans laquelle on se projetait encore. Je m'y projette à nouveau, depuis peu, parce que je sais que les arnolphes ne gagnent pas toujours.

Dans notre cité, nous parlions de beurre, pas celui que l'on met dans les épinards et qui manquait souvent dans nos foyers respectifs, mais le beur, l'arabe, si ancré dans le langage de l'école qu'il en était devenu de l'argot, *belek*, *chouf*, *kif*, *hchouma*, *sbeul*, *wallou*, *zob*. Le vocabulaire argotique emprunte beaucoup à l'arabe, en particulier au darija maghrébin, la langue que de nombreux parents transmettent en pointillé à leurs enfants.

Je cessai d'utiliser ces mots lorsque je m'installai à Paris, parce que je n'avais plus rien à dire à personne de mon ancienne vie. Il est parfois plus simple de se taire que de se justifier. Alors on coupe les ponts.

On s'enferme en soi.

Et à force d'isolement, disparaissent ces rêves de liberté qui nous avaient poussés à tout quitter. On revit la mémoire différemment, on l'interroge parfois, et sans cesse on en ressasse les détails qui nous restent. À quoi Victor occupait-il ses journées depuis qu'il m'avait reléguée au passé ? Par cette question je cherchais à me faire du mal, j'en étais réduite à cela : imaginer Victor avec d'autres femmes qui auraient pris ma place. Je sentis mon cœur brûler. Ces femmes, j'en étais persuadée, étaient meilleures que moi et savaient nouer des relations durables. Cela me fit l'effet d'une écharde sous la peau car j'en étais incapable ; baiser me paraissait plus simple que de parler.

Il arrive que l'on désire ce que les autres possèdent, ou bien ce qu'ils convoitent. L'envie d'exister. Des vidéos me revinrent en tête. Victor les regardait lorsque j'étais à ses côtés. Il allumait son écran et je mourais de son indifférence. Disparue, effacée. En repensant à cela, je me sentis si seule dans mon chagrin, que je me transformai peu à peu en prédatrice de moi-même. Après la violence que Martinon m'avait fait endurer, j'avais besoin d'un cadre, de sécurité. Je pouvais troquer ma discrétion contre une protection, puisque de toute façon, Arnolphe finirait par se venger. J'en étais persuadée : il révèlerait au monde entier mon activité. Autant prendre les devants et tout maîtriser. Cette idée apparut lentement dans ma tête, jusqu'à y saturer l'espace. J'hésitai avant de me l'admettre mais ne pus tordre l'évidence plus longtemps : je devais devenir actrice de films pornographiques. À la fois tortionnaire et victime, bourreau et condamnée. Cannibale d'un danger dont j'aspirais à m'alimenter. Une fois la réflexion formulée, je décidai d'aller au bout de ce projet qui m'embrasait.

Et me voilà assise, le dos bien droit, revigorée par l'afflux de sève dans mon corps, dans mes bras, en culotte immaculée et débardeur troué : vivante, déterminée. Je me connectai sur Internet avec en tête l'idée que cela m'ouvrirait le champ des possibles. J'y retrouvai le réalisateur pornographique du moment, Francesco Forguette, et consultai son site avec dans le cœur une joie enfantine et un enthousiasme grandissant. S'il acceptait que j'y apparaisse, s'il me laissait saisir ma chance, j'échapperais à la sensation de mort imminente qui me pressait et je sentirais battre mon cœur, pour moi.

Francesco proposait des castings, pour femmes uniquement. Des jeunes, entre dix-huit et vingt-cinq ans. Je réalise désormais combien tout était facile, pour lui notamment, car les femmes jeunes sont plus dociles, plus incertaines, plus susceptibles d'être tourmentées, détournées de leurs objectifs ou bien manipulées. Et quand elles croient user d'une liberté, il est utile de se référer à leur passé, pour réaliser combien leurs choix sont contraints et les enferment. Mais de cela je n'avais cure ; il m'aura fallu des mois pour en prendre conscience. J'adressai donc à Francesco ma candidature assortie de quelques photographies de vacances. Et c'est le cœur léger que je partis assister à mon premier cours de l'année. Mon enthousiasme, toutefois, rapidement s'affaissa.

Le grand amphithéâtre me semblait être un aquarium au milieu duquel flottaient des centaines de poissons morts. Les jeunes gens qui le peuplaient n'avaient pas de visage, ils n'avaient pas de corps. Ils n'étaient qu'un bras désarticulé occupé à prendre des notes. Le cours avait commencé. Je m'installai sur un strapontin resté vide à l'extrémité d'une rangée.

Un professeur en robe de maître de conférences pérorait dans un brouhaha permanent. Je m'en souviens, il était dans son cours question de consentement, d'ordre public, de dignité. Il expliqua que le lancer de nain, un jeu qui consistait pour une foule avinée à lancer une personne de petite taille, était désormais prohibé. Le Conseil d'État en avait ainsi décidé : indépendamment du consentement de la personne lancée, qui trouvait pourtant là un moyen de subvenir à ses besoins, cette activité était contraire à sa dignité et, par ricochet, à celle de tous les êtres humains. Il dit, La municipalité de Morsang-sur-Orge était donc légitime à en interdire la pratique par arrêté municipal puisque, vous en conviendrez, le fait qu'un individu consente à être utilisé comme une chose ne rend pas sa situation acceptable.

J'entendis ces mots et, immédiatement après qu'ils eurent intégré ma mémoire, une douleur diffuse m'engourdit les mains. Des insectes bourdonnèrent dans ma tête. Quelques ricanements s'élevèrent. Les stylos Bic affairés devinrent de plus en plus troubles ; le cliquetis des claviers, de plus en plus sourd. Je tournai la tête à gauche, à droite, fermai les yeux et me laissai submerger par une vague de tristesse. Je décidai à ce moment précis de ne plus me rendre en amphi.

Francesco Forguette me répondit rapidement. Il m'invita à le retrouver le soir même, dans les locaux de sa société de production, près de République. Je me souviens avec précision de notre rencontre : les lunettes ringardes, carrées et sans monture, posées sur le bout de son nez ; le tee-shirt trop court, de couleur kaki, qui moulait son ventre proéminent ; les poils pubiens qui débordaient du haut de son pantalon ; la Lucky Strike à demi consumée qu'il tenait de sa main droite, et dont les volutes me chatouillèrent les narines. Francesco avait un visage étrange, une mâchoire carrée et rougeaude, qui contrastait avec les quelques cheveux gris qui lui restaient. Il était gras, il était vieux et pourtant à sa vue j'exultai ; jamais auparavant je n'avais rencontré de star. Il m'invita à le suivre dans la petite pièce qu'il appelait son bureau – un coin désordonné, séparé par une baie vitrée du reste du studio. Il s'y agita, consulta ma pièce d'identité, voulut en voir une deuxième, s'étonna que je n'en aie pas sur moi. Il me dévisagea avec la suspicion de celui qui, s'étant déjà fait avoir, était devenu méfiant ; il tenait absolument à s'assurer que je sois majeure. Seul le chiffre comptait : l'âge que j'avais. Physiquement, intellectuellement, j'aurais pu être mineure ; aucun changement notable n'intervient dans la vie des jeunes filles entre leurs dix-sept et leurs vingt ans, il ne se produit rien de particulier qui justifie qu'elles se trouvent soudainement propulsées au rang des personnes adultes et suffisamment matures pour faire des choix réfléchis. Francesco était parfaitement conscient de cela. Mais la vie des jeunes filles ne l'intéressait pas. Il ne s'intéressait qu'à la loi : dix-huit ans. C'était l'âge que je devais avoir pour qu'il n'ait pas de problème.

J'en avais dix-neuf.

C'était parfait.

Il constitua mon dossier administratif (composé de mon adresse, de mes photos et de mon numéro de Sécurité sociale), avant de marquer une pause de quelques secondes, peut-être perdu dans des pensées vagabondes dont il ne laissa rien paraître. Puis dans un sursaut dont il sembla lui-même s'étonner, il se redressa, me regarda, pointa son index vers moi. Il me dit que je m'apprêtais à intégrer une famille, une grande famille. Celle des femmes sexuellement libérées, celle des femmes fortes et courageuses, qui contrevenaient à l'ordre moral et refusaient de se voir appliquer les règles que les puritains cherchaient à leur imposer. Il me dit Chez moi, les filles elles s'émancipent en baisant, elles jouissent, elles salissent, elles vivent en baisant, elles sont subversives, ce sont des Amazones, des guerrières, est-ce que t'es prête à ça ?

Oh oui je l'étais.

— Bon, me dit-il en disparaissant derrière l'écran de son ordinateur. Et niveau cul, où c'est que t'en es ? T'es à l'aise ? T'es bien *escort* ?

— Oui, *escort* depuis environ un an. Je sais gérer les clients, parfois ils nous demandent des trucs improbables.

Je m'apprêtais à illustrer mon affirmation par une série d'exemples, mais je fus prise d'un petit rire nerveux que Francesco interrompit pour me demander si j'avais choisi mon pseudonyme.

Je l'avais choisi. Ce serait Fleur.

Et comme il voulut absolument y accoler un nom de famille, il me dit Fleur, Fleur, Fleur Delorme, tu commences demain, un tournage sur une demi-journée, tu m'apporteras un test VIH. Pas d'urgence, hein. Mais tu me l'apporteras.

Comme chaque nuit, les lumières blanches des réverbères traversaient mes stores et éclairaient les murs de ma chambre. Je ne dormis pas immédiatement. Les yeux à demi clos, j'écoutais le bruit de la ville qui ne dort jamais, celui des touristes attablés aux terrasses des cafés, le vrombissement des pots d'échappement, le murmure des pas des hommes sur le pavé. Il me parut plus puissant que d'ordinaire, je crus d'abord à une tempête de grêle ou à la foudre qui s'abattait sur la cité. Des arbres déracinés. Des toits arrachés. Puis j'ouvris complètement les yeux et tout me parut clair : Tu te trompes, Lila, ça ne peut pas être ça. Tu n'entends rien d'autre que ton corps qui gronde, la colère enfouie au fond de ton ventre qui déborde et t'inonde, sa crue qui croît chaque seconde fomente une fronde contre cet ordre qui t'étouffe et que l'on essaie de t'imposer.

Lorsque je revins à moi je ne savais plus ni la date ni l'heure. Quelques secondes me furent nécessaires pour reconnaître, dans la pénombre, le mobilier de ma chambre. J'attrapai mon ordinateur et me connectai sur la putosphère pour y partager avec mes sœurs ce projet qui me ferait rencontrer mon destin.

Mes sœurs les putes ne furent pas réceptives à mon enthousiasme. L'une d'elles me dit Honte, j'espère que tu as honte, l'homme te veut asservie et tu te complais dans ce rôle. Quand il te place sur un piédestal il entend te contrôler, pour étouffer toute velléité de révolte. Butchette acquiesça, et Butchette ajouta Ne te demandes-tu pas pourquoi c'est un homme qui dirige l'entreprise pour laquelle tu t'apprêtes à tourner ? Et quand Grisélidis_R à son tour intervint, elle ne contredit pas les propos qui avaient été tenus avant les siens. Elle demanda que chacune conserve son calme, demeure respectueuse et accepte mon cheminement. Elle dit que nous n'en étions pas toutes au même stade de notre déconstruction et que l'on n'avançait qu'à force de désillusions. À aucun moment elle ne s'adressa à moi, à aucun moment elle ne m'encouragea ni ne me dissuada de quoi que ce soit. Je ne comprenais pas. Cette communauté qui m'avait maintenue à la surface dans les pires moments reproduisait ce que je craignais le plus : la mise à l'écart. Dans une situation pareille, le départ de Candice laissait un vide immense ; j'étais persuadée qu'elle m'aurait comprise, peut-être même encouragée par message privé. Il était quatre heures du matin. J'éteignis mon ordinateur. Mon réveil sonnerait dans moins de trois heures.

25

Lors d'un tournage classé X, un clap de mains synchronise le son et l'image. L'on nous demande de ne pas être pudique, de ne pas être sage. Alors on se tient nue, on se croit déesse parmi les mortels, et l'on s'efforce de ne pas détourner le regard des femmes, des hommes qui nous entourent. On se laisse filmer sous tous les angles, en plan large, en travelling porté, en plan serré, en face cam'. Pendant ce temps, quelques autres discutent dans la pièce adjacente ; peu leur importe que vous soyez là, à faire votre intéressante.

L'on me présenta Phil Fogg, mon partenaire du jour, une trentaine de minutes avant les prises de vues ; je me trouvai rigide et empotée, j'eus l'impression de détonner parmi les habitués et j'en fus particulièrement gênée. Phil m'embrassa la joue et s'installa près de moi pour sympathiser ; il avait les cheveux bruns avec du gris près des tempes, je lui donnais autour de quarante ans. Il était féministe, tellement féministe, je ne pouvais pas imaginer, il était fier d'aider à travers son métier les femmes à s'émanciper, c'était ce qu'il disait. Il avait tourné en huit ans dans soixante-quatre longs-métrages et dans sept cent soixante-douze scènes semblables à celle que nous nous apprêtions à engager. C'était un acteur expérimenté, cela ne faisait aucun doute, et son expérience renforça mon inquiétude et ma nervosité. Après être passée au maquillage, je me détendis progressivement. Pendant que l'on me coiffait, je laissai même tomber le peignoir qui me servait à camoufler mon corps ; je n'avais rien à cacher.

Et c'est peut-être parce que Phil était un professionnel, habitué à mettre en scène son désir et à le provoquer chez ses partenaires, que j'oubliai rapidement ce que ce tournage n'aurait jamais dû cesser d'être : un jeu. Pas la spontanéité même, mais sa représentation. Un joli mensonge. Je croyais que l'entente qui s'élevait de nos corps, y compris de nos poumons qui inspiraient et expiraient le même air avec une parfaite synchronisation, je croyais donc que cette entente n'était pas feinte, qu'elle était la réalité captée par la caméra de Francesco : sous les panneaux lumineux et les réflecteurs de lumière, encadrée par les quatre murs du studio, je m'abandonnais entièrement à Phil qui lui aussi s'abandonnait à moi, je le perçus je crois au timbre de sa voix, à la fois grave, suave et tendre. Il me laissa l'enfourcher et je le regardai de haut, je le trouvai beau, plongeai mes yeux dans ses yeux verts, forte de la puissance que je me découvris au contact de sa peau. Je me demande encore aujourd'hui si Phil adressait ce regard à toutes ses partenaires, y compris à celles qu'il fréquentait dans sa vie privée, ou s'il me l'avait spécialement réservé. Mais à la fin de la scène, quand il eut éjaculé, il m'étreignit si fort que je me surpris à me projeter. J'étais bien.

Après quelques minutes, le maquilleur demanda à Phil de me laisser seule sur le plateau de tournage ; il souhaita me repoudrer le visage. Phil s'écarta et le journaliste d'une chaîne spécialisée s'approcha, caméra à l'épaule, pour me poser des questions. Il voulut que je me présente, que je me lèche les tétons. L'idée de refuser n'effleura pas mon esprit ; j'étais submergée par l'émotion. Il me demanda si j'avais l'intention de faire carrière dans le porno. Phil, qui se tenait désormais hors champ, m'indiqua de son index que je devais répondre Non ; je répondis Non. Le journaliste m'interrogea sur la raison de ce refus ; je ne sus quoi lui dire. Balbutiai de séantes motivations financières ; lui expliquai que la prostitution rémunérait mieux les femmes que les tournages classés X.

— Ah, parce que la demoiselle se prostitue ?

— Oui, enfin, je dois pas être la seule.

— Très bien, ça va faire le buzz.

Je regrettai immédiatement d'avoir prononcé cette phrase : je n'avais aucunement l'intention de faire le buzz. Il n'y avait pourtant rien d'outrancier à se prostituer, rien ne justifiait que j'en éprouve de la honte, ce n'était pas à moi d'avoir honte. Pour cette unique scène, j'allais percevoir trois cents euros, en échange de quoi mes droits seraient cédés pour trente ans. Jusqu'à mes quarante-neuf ans. Personne ne se projette aussi loin.

À la fin de mon interview, Francesco se dirigea vers un petit meuble de bois dont il sortit une bouteille de rhum arrangé. Phil, qui refusa d'en consommer, se justifia : il craignait de bander mou sur le tournage qu'il avait prévu le lendemain matin. Nous partagions tous les deux un jus de pamplemousse pressé, tandis que Francesco, le journaliste et le maquilleur s'abreuvaient de rhum vanillé. Francesco traversait un léger épisode dépressif. Sous l'effet de l'alcool, il redevint Francis et s'apitoya jusqu'au soir. Il en avait chié pour monter sa boîte, Chié comme t'as pas idée, impossible à imaginer, je te jure j'ai tout plaqué, l'Éducation nationale, ma femme et ses enfants qui m'emmerdaient, j'ai dû partir de zéro et j'ai tout recommencé, alors ma boîte, c'est tout ce qui me reste et je pourrais crever pour elle, tu comprends ?, je pourrais crever. Il joignit à sa parole des gestes lourds et pleins d'emphase qui accentuèrent le caractère tragique de ses déclamations. D'aussi loin qu'il se souvint, Francis avait toujours voulu être un artiste. Il avait eu des rêves de grandeur, s'était imaginé tour à tour peintre, célèbre photographe, réalisateur primé à Cannes, mais la réalité le rattrapa vite : il n'était que Francis de Grenoble, saint patron des branleurs, et ne filmait que des filles paumées en chaleur. Sa situation minable n'avait eu de cesse de s'aggraver depuis cinq ans, en fait, depuis que Daniela – une superbe brunette qu'il avait révélée –, l'avait définitivement planté pour un contrat d'exclusivité chez Joe Lapoutre, son concurrent.

Francis parla d'argent.

Il parla beaucoup d'argent.

Il se plaignit du coût que les actrices françaises représentaient pour son entreprise (Les deux tiers de mes charges, si tu veux tout savoir), il aurait préféré ne tourner qu'avec des Slovaques, des Tchèques, des Croates, mais se trouvait bloqué par les attentes de sa clientèle majoritairement étrangère, qui souhaitait trouver dans ses œuvres de véritables *petites Françaises* – appellation d'origine contrôlée. Cette complainte de Francis au sujet de ses actrices me rappela les lamentations de mes clients lorsqu'ils évoquaient leurs conjointes ; je sais désormais que les bêtes tiennent toujours les femmes pour responsables de leurs maux.

Et pourtant, parce que Francis paraissait accablé, parce qu'il répétait à l'envi qu'il risquait de tout perdre, je nourris d'abord quelques remords de ne pouvoir lui venir en aide. Il en allait presque toujours ainsi avec moi : dissociation, remise en question. Autoflagellation typiquement féminine ; qu'aurait-il fallu que je fasse ? Que je lui propose de ne pas me rémunérer ? Que je m'excuse d'exister ? Je lui en ai longtemps voulu de s'être ainsi plaint, je crois que j'aurais préféré qu'il ne dise rien, oui c'est ça qu'il se taise, qu'il ne souille pas ma journée de ses mots inappropriés, qu'il laisse reposer intact en ma mémoire le souvenir de ce premier jour de tournage. Et quand enfin il se tut, chacun baissa la tête dans un silence mortuaire. Phil Fogg saisit ma main et la serra dans la sienne, Tu as passé une longue journée, Fleur, je te dépose à moto ?

Le jour tombait à peine lorsque nous arrivâmes au pied de mon immeuble. Tandis que je m'apprêtais à m'éloigner de lui, Phil me retint par la taille et me dit :

— Au fait, demain soir, chez Francesco, dîner des pornographes. L'occasion de rencontrer des collègues. Viens ; ça va être bien.

— Avec plaisir. Je viendrai.

Il me révéla son véritable prénom : Djibril.

26

SALUT Fleur ! Je ne me trompe pas, tu es bien Fleur ?

J'acquiesçai en entrant dans le salon de Francesco, rempli de convives qui m'étaient pour la plupart inconnus. La grande brune qui m'avait ouvert la porte déposa un baiser sur ma joue et me dit : J'ai vu ton interview pour Hot Vidéo tout à l'heure, tu t'en es bien sortie ma belle.

Je me souviens avoir pensé que je n'étais pas *sa* belle, mais que cela importait peu, alors je me tus. Ne pas m'attirer son animosité pour quelques éléments de langage.

Francesco invitait chez lui toujours les mêmes personnes, à qui il cuisinait de la saucisse maison, répétant à loisir sa blague de cul éculée : Qui c'est qui veut goûter la bite à Ian Scott ? La première fois, je ne la compris pas. La jeune femme me sourit, s'assura qu'elle se trouvait dans le champ de vision du caméraman chargé d'immortaliser la soirée et me précisa d'un air amusé qu'elle avait tourné douze scènes avec Ian Scott, qu'il avait une verge de, Devine combien, dis un nombre, quarante et un ! Quarante et un centimètres !

Jusqu'à cette date, j'ignorais qu'un phallus pouvait mesurer une telle longueur.

Elle me suivit tandis que je m'éloignais de la caméra pour me débarrasser de mon manteau.

— Tu ne devrais pas dire en interview que tu es une AE.

— Une AE ?

— Une Actrice *Escort*. Une pute, quoi !

Je ne dissimulai pas mon étonnement et la femme, qui parut regretter son propos empreint de mépris, se tut et chercha un autre sujet de conversation.

Son silence dura longtemps.

Longtemps ou peut-être quelques secondes seulement, mais ce moment pénible s'étire dans ma mémoire comme le souvenir interminable et douloureux de deux femmes debout, l'une face à l'autre, qui ne savaient quoi se dire.

Son visage rayonna de nouveau quand elle eut l'idée de se présenter : Ici je suis Rachel Fox, mais tu peux m'appeler Manon.

Cette soirée chez Francesco me permit de découvrir un grand nombre de pornographes, dont certains n'avaient pas pignon sur rue – mon cœur s'emballa dès que je le compris. Rachel Fox appartenait au groupe restreint des acteurs de notoriété internationale. Je le devinai à sa posture bien droite, associée à l'expression slave de son visage, à son profil fin, à ses yeux bleu ciel, à l'arrogance de ses mouvements. Elle portait pourtant des chaussures à talons hauts qui me paraissaient être en toc, sans doute achetées chez Concorde, un modèle équivalent à celui porté par Mona Lycra, qui fumait aux côtés de Mike, près de la fenêtre. Autour de nous, plusieurs groupes semblaient s'affronter, chacun jouait son rôle à la perfection : les stars ne se mélangeaient pas aux trois gamins avachis sur le canapé qui s'amusaient avec un Hitachi. Le jeune homme était trop maigre, les filles trop maquillées : des comédiens amateurs. Des exhibitionnistes de tous âges se dandinaient à poil devant Justine Merteuil qui gueulait Barrez-vous ! Je veux mater le débat des primaires ! Ce mélange des genres créait une ambiance somme toute sympathique, qui justifiait largement un plan-séquence. Et moi qui quittais la précarité étudiante pour ce milieu qui m'accueillait en son sein, moi qui espérais tourner le dos à la solitude pour intégrer cette communauté dans laquelle j'aspirais à me fondre, je regardais tous ces autres en leur témoignant une vive admiration.

Manon m'apprit qu'elle était en couple, À ton avis avec qui ?, mais si tu le connais, c'est Djibril ! Djibril alias Phil !

Sa révélation fit tomber ma mâchoire, qui trembla, comme frappée par le tonnerre dans une nuit d'été. Il aura donc suffi d'une phrase, d'une seule phrase de la part de Manon pour que d'un coup je me trouve bête à pleurer. Je me remémorai la scène que nous avions tournée, me reprochai de m'être enflammée, d'avoir pensé que Djibril me draguait lorsqu'il m'avait pris la main ou que peut-être je lui plaisais. Je crus que mon cerveau avait tout inventé, le courant entre nous pendant le tournage, ses yeux dans mes yeux, sa langue dans ma bouche, ses baisers sur mes hanches, sur mes fesses, puis sa main sur ma main à la fin de l'apéro, lorsqu'il proposa de me raccompagner chez moi à moto. Bien sûr je ne dis rien, rien du tout, l'humiliation ne se partage pas, elle se cache, elle s'enfouit mais elle ne se dit pas. Manon, qui trouva le moment propice à la confidence, échangea avec moi quelques anecdotes sur leur relation : elle était autrefois hôtesse au Club 88 (Oui, strip-teaseuse si tu préfères, c'est vrai que l'intitulé du poste n'est pas clair), et Djibril qui l'avait repérée, qui lui avait commandé un show dans un salon privé, lança sa carrière de comédienne. Il la trompait régulièrement avec des actrices débutantes qu'il castait sur modeledecharme.com, ce qui brisait le cœur de Manon à chaque fois, mais elle laissait toujours une nouvelle chance à leur amour. J'aurais voulu lui dire toute l'empathie qu'elle m'inspirait, mais je me tus car je la sentis gronder en moi.

Cette colère.

Cette fièvre étouffante et destructrice, cette force encombrante qui jaillit du fond du ventre et qui écrase tout sur son passage. Je me dis qu'ils étaient trop fréquents, ces comportements, trop nombreux, ces hommes qui préféraient se disperser plutôt que de vivre pleinement, qui préféraient mentir plutôt que d'assumer, exercer une emprise et user, plutôt que de quitter. Ils me répugnaient.

Plus tard dans la soirée, alors que Manon continuait de me parler, je laissais mon esprit vagabonder. L'ensemble des voix qui nous entouraient se mêlaient en un bruit diffus, au milieu duquel je parvins à identifier des mots, quelques mots plus audibles que les autres : Mais les femmes sont déjà libérées sexuellement / On sait distinguer le sexe des sentiments / Tous nos problèmes viennent en réalité des hommes / Qui dissocient le sexe du respect d'autrui.

Je cherchai discrètement du regard la jeune femme qui avait prononcé ces phrases et j'aperçus, de dos, l'ombre frêle d'une fille aux cheveux courts qui conversait avec l'équipe du maquillage.

Elle dit, Toute notre vie les hommes nous ont maintenues dans la peur, peur de l'humiliation, peur du viol, peur de la transparence, peur de l'oubli. C'est aussi pour cela que l'on se retrouve ici : l'on choisit d'affronter leur violence pour dominer nos peurs.

Je portai à mes lèvres un verre de Beluga et me souvins des événements qui s'étaient succédé dans ma vie peu avant mon premier tournage chez Francesco Forguette ; le besoin de m'attirer l'attention des bêtes ; les mensonges puis le mépris de Victor ; la manipulation et le chantage d'Arnolphe ; le viol prémédité de Martinon. Et ma rencontre avec Mondial Moquette, dont je compris qu'elle portait le même nom : viol. Tout était là, dans ma tête. Il y avait une cause à cela, une origine, un point de départ que je n'étais pas encore certaine d'identifier mais que j'allais finir par découvrir.

Djibril, que je reconnus de loin, écoutait la jeune femme avec intérêt. Il s'avança vers elle, lentement, et d'un geste bref mais gonflé d'orgueil lui indiqua qu'il s'apprêtait à prendre la parole. Il lui reprocha sa vision étriquée du monde, sa vision qu'il estimait triste, fatiguée, rétrograde même, alors que les temps avaient changé, que le monde à présent n'était plus le même que celui de leurs parents. Il lui dit Les femmes aujourd'hui sont capables de se libérer, il lui dit Liberté, il lui dit Féminisme, il lui dit Déconstruction, il lui dit Consentement. Il dit, Les femmes sont fortes et ne vivent plus dans la peur. C'est une erreur de croire qu'elles font leurs choix sous l'emprise de la peur.

Il haussa légèrement le ton pour prononcer ce discours, de sorte que chacune des personnes présentes dans la pièce l'entendit. Certaines arrêtèrent de converser et se tournèrent vers lui pour mieux l'écouter.

— Bien dit ! fit Francesco.

— Phil, tu n'as pas compris, le reprit la jeune femme. Je ne dis pas que nous sommes incapables de choix, mais que notre point commun à toutes, ici, est d'accorder facilement notre consentement, parce que des hommes nous ont continuellement violentées.

Elle tenta d'étayer son allégation au moyen de quelques illustrations mais Djibril, très remonté, s'efforça de lui démontrer qu'elle avait tort :

— Pour qui elle se prend la gamine ?

— Tu ne supportes pas la contradiction ?

— On passait une bonne soirée, mais il faut toujours que tu casses l'ambiance. Et tu parles de sujets que tu ne connais même pas. Tu sais, avant j'étais bibliothécaire, moi. J'ai lu Despentes.

Dans ce milieu, ils avaient tous lu Despentes. Parfois juste des résumés de Despentes, des articles qui portaient sur Despentes, parfois juste écouté des conversations entre gens qui parlaient de Despentes. Et ils ignoraient que, par le truchement du bouche-à-oreille, ils dénaturaient sans doute les théories de Despentes.

La jeune femme, qui parut vexée, quitta le séjour avec énergie. Francesco lui dit Mais reviens Lolita ! Tu fais la gueule ou quoi ?

Elle ne réagit pas.

Les invités se regroupèrent autour de la table du salon, qui embaumait la saucisse, les patates, l'oignon. Je profitai de cet instant pour prendre congé de Manon et rejoindre Lolita, partie s'isoler sur le toit.

Lorsqu'elle m'aperçut, Lolita me regarda sans sourire. Elle était plus grande que moi, elle avait davantage d'aplomb. Elle était plus belle, aussi, beaucoup plus belle. Les traits fins de son visage m'évoquèrent ceux de Jean Seberg dans *À bout de souffle*, mais avec le teint mat, une peau caramel. Son maquillage léger, quasi inexistant, soulignait à peine la noirceur de ses yeux surplombés de sourcils épais. Je m'avançai vers elle sans savoir quoi lui dire. C'était tout à fait moi, ça : agir sans réfléchir, comme si mon cerveau était saturé d'informations contradictoires en trop grand nombre qui le court-circuitaient. J'arrivai à son niveau et me plantai devant elle. Lorsqu'il fallut que j'articule quelque chose, je lui demandai si Lolita était son vrai prénom.

Elle me répondit Non.

Elle s'appelait Esther.

Mais pour eux, elle était Lolita Butler.

Sa voix se teinta d'une gravité qui tranchait avec son physique d'enfant – une frange sur le côté, des lèvres charnues, une moue boudeuse. Esther avait vu mon interview de la veille ; elle me dit que nous avions des profils similaires : elle aussi étudiait, se prostituait et travaillait pour Francesco Forguette. Mais contrairement à moi, elle n'avait l'air ni vulnérable, ni gêné.

Elle se tenait devant moi, ses yeux balayaient l'espace, bien au-delà de la terrasse sur laquelle nous nous trouvions. Elle déchiffra les graffitis, les Tommy a baisé Mona ici, se demanda si quelqu'un avait déjà quitté ce terre-plein aménagé pour explorer le toit, à proprement parler ; elle décida d'y aller. Escalada un muret. Se promena sur la crête de la charpente comme sur une poutre, les bras bien perpendiculaires à son corps. Elle se déploya ainsi sous mes yeux et me renvoya à mon propre vertige, à mon dos voûté, à mes épaules crispées. Non, vraiment, je renonçai à la suivre et depuis mon emplacement, avec une légèreté qui n'avait d'autre vocation que de me faire paraître à mon aise, je lui dis que j'avais surpris sa conversation dans le salon tout à l'heure ; pourquoi affirmait-elle que nous étions dominées par nos peurs ?

— C'est compliqué.

— Pardon. Je ne voulais pas être intrusive.

Esther alors s'immobilisa et depuis la hauteur que lui conférait sa poutre, elle me raconta comment elle était devenue actrice selon ses propres choix : pour se dépasser. S'assurer qu'elle faisait bander. Qu'on ne l'oubliait pas. Elle se disait, Quitte à me faire systématiquement violenter, je préfère cette violence me l'approprier, la mettre en scène, la sublimer.

Y consentir. La provoquer. Un moyen comme un autre, pensait-elle, de prendre l'adversaire à son propre jeu. Elle avait d'ailleurs toujours aimé divertir et ne voyait pas le problème à servir de support masturbatoire.

Et puis.

Et puis il y eut ce jour où elle fit preuve d'une clairvoyance plus grande que celle qu'on lui connaissait d'ordinaire, ce jour où à l'occasion d'un plan à trois impliquant Mike et Rachel, un tournage conforme aux prescriptions habituelles – pénétrations buccale, vaginale, anale, suivies de la traditionnelle éjaculation faciale –, après que Mike eut frappé Rachel au visage, elle perçut le vide dans les yeux de Rachel : elle était bien là et pourtant elle ne l'était pas.

Elle se *dissociait*.

Esther avait tenté d'en parler avec Rachel, mais cette dernière se refermait dès qu'il était question de parler d'elle. Elle n'avait su quoi faire. Avait fini par l'accepter. Se dit un temps que peut-être, Rachel était maîtresse de ses choix, et qu'elle se dissociait parce qu'elle aimait cela. Esther se reprocha par la suite cette pensée délétère qu'elle assimila à de la complicité. Elle me dit Les hommes ne voient même pas que les femmes ici sont jeunes et se traînent toutes des histoires compliquées.

Cette phrase me surprit ; je n'avais aucunement l'impression d'avoir une histoire compliquée.

Esther se tut, se rapprocha de moi. Elle quitta la toiture et rejoignit le muret qui nous séparait, puis elle bondit à pieds joints sur la terrasse et s'assit à mes côtés, si près que je sentis la chaleur de son souffle sur ma peau. Elle porta ses genoux à sa poitrine, attrapa ses orteils à travers ses chaussettes. Sans lâcher ses pieds, elle tendit ses jambes et leva la tête pour regarder droit devant elle, au loin, sur les toits décorés d'une lumière argentée.

J'enviai son aisance, la facilité avec laquelle elle habitait son corps, celle avec laquelle elle s'exprimait. Je lui dis :

— J'ai tourné ma première scène hier. Avec Phil Fogg.

— Alors ?

— Je crois que ça s'est plutôt bien passé. Je l'ai trouvé gentil, il m'a respectée.

— Mais ça se passe toujours bien les premières fois, attends quelques semaines, quelques mois, une année peut-être deux, pourquoi pas. Quand les spectateurs t'auront trop vue, quand ton corps nu ne leur suffira plus et que les réalisateurs te demanderont de leur voix de miel si tu acceptes d'aller un peu plus loin, d'y aller un peu plus fort, tu hésiteras bien sûr, mais pour rester dans le jeu tu accepteras, progressivement, de marcher à quatre pattes tenue en laisse en pleine rue, de te faire enfoncer la tête dans les toilettes ou juste pisser dessus, les doubles, les triples pénétrations, les crachats au visage, les étranglements. Tu diras que tu aimes ça, et tu y croiras sûrement. Après le *bukkake*, la douche dorée, après le *shibari*, le *gang-bang*, le *bondage*, après les viols collectifs ou les coups, tu exprimeras peut-être un avis. Alors ils te trouveront chiante, trop exigeante, ils oublieront de t'appeler, te remplaceront par une plus jeune, prête à accepter ce qu'autrefois tu acceptais. Ils lui parleront de toi en te traitant d'aigrie, de mal baisée, de fille instable qui aura mal tourné.

À cette déclaration péremptoire, je fus incapable de répondre quoi que ce soit. Esther s'assit en tailleur, sortit de ses poches un petit sachet de tabac, se roula une cigarette, l'alluma et me regarda dans les yeux, sans faillir. Elle souffla sa fumée sur mon visage. Mon cœur s'emballa. Je songeai à lui demander ce qu'elle faisait là, les raisons pour lesquelles elle évoluait dans un milieu qu'elle trouvait si violent pour les femmes, mais elle regarda l'heure sur l'écran de son téléphone et sursauta, Je dois y aller !

J'ai un rendez-vous et je n'ai pas vu le temps passer ! Elle écrasa sa cigarette à même le sol et disparut dans un courant d'air. Je demeurai quelques instants sur le toit, les bras ballants, le cœur en bandoulière. Le vent froid d'octobre s'immisçait entre ma peau et mes vêtements ; mes épaules frissonnèrent, il est possible que j'aie claqué des dents.

Je descendis seule, perturbée, traversai au ralenti le salon enfumé et rejoignis le groupe déjà attablé. Francesco me dit Allez, à table la pisseuse ! Et Manon, surexcitée, qui s'essuyait le nez, insista pour que je m'installe près d'elle. Là, elle me demanda si j'acceptais de passer une soirée avec un de ses amis qui cherchait une fille *comme moi*. Elle ajouta que j'étais parfaitement son genre, me garantit que tout se passerait bien.

Je répondis oui, pourquoi pas, que j'allais y réfléchir. Et toute la soirée, je ne réfléchis qu'à ma rencontre solaire avec Esther.

27

Fais-moi un clap !

Sourire moqueur aux lèvres, j'intégrai cette injonction à mon quotidien. À défaut de véritable clap de cinéma, noir et blanc, je tapais dans mes mains. Cet usage était, paraît-il, commun à l'ensemble des tournages gonzo, mais dans la mesure où je ne tournais pas pour d'autres producteurs, je n'en étais pas certaine. J'interprétais cette fois le rôle d'une passante dans une scène à l'américaine : entre deux averses, elle arpentait les rues de Paris, dans une tenue quelque peu inappropriée pour la saison – un décolleté, une mini-jupe et des bottines à talons hauts. Un homme dont les cheveux taillés sur les côtés représentaient un motif tribal flânait dans les parages. Il promenait sa caméra et filmait la fille en POV – acronyme de *point of view*.

Elle lui sourit.

Il n'était pas son genre.

Pourtant il insista.

Il la baratina.

Elle n'était pas farouche.

Et bien qu'initialement réticente, elle accepta de le suivre immédiatement après qu'il eut proposé de la rétribuer.

Aucune femme ne s'habillait comme elle dans la vraie vie. Celles qui appréciaient les talons hauts les emportaient dans leur sac et préféraient une paire de tennis confortable pour se déplacer sous la pluie. De même, aucune femme ne suivait l'homme qui la harcelait dans la rue. Au mieux, elle l'ignorait; au pire, elle l'envoyait balader. Mais les spectateurs aimaient à croire que ces fausses femmes existaient. Des femmes aux tenues improbables et qui acceptaient de se faire marcher dessus.

Ils entrèrent dans un appartement rue du Faubourg-Saint-Antoine. L'homme prétendit y résider alors qu'en réalité, nous nous trouvions tous chez Francesco. Tous, car il y avait du monde : plusieurs actrices venues chercher leur cachet, des amis d'amis venus sociabiliser. Francesco filmait le gars en train de filmer la fille. Oui, c'est ça, une mise en abyme.

L'homme posa son caméscope et me porta jusque dans le canapé du salon; je simulais des cris de joie. Francesco m'indiqua d'un mouvement de tête que l'heure tournait et qu'il était temps d'accélérer la cadence. Je retirai prestement ma jupe, en conservant mes chaussures et mes bas, me débarrassai de mon débardeur, ainsi que de mon soutien-gorge. Une lourdeur pesa sur mon estomac. Je pensai à Lolita, que j'avais rencontrée la semaine passée, et qui avait placé la barre haut dans ses scènes, dans celles que j'avais consultées. Par ses mouvements limpides et ses vêtements bariolés, elle se démarquait des autres débutantes, irradiait la caméra, paraissait toujours consentante pour tout à l'image. Si son tempérament volcanique lui valait parfois quelques critiques dans sa vie privée, jamais on ne le lui reprocha sur un tournage. Elle savait prendre des initiatives. Poser à son avantage. J'eus le sentiment qu'elle me surpassait et j'en fus très malheureuse. L'avenir m'apprit à ne plus me comparer aux autres femmes; pas sur des choses aussi futiles.

L'acteur allongé sur moi s'appelait Tommy. Je ne me souviens pas de son vrai prénom.

Devant la caméra de Francesco, il me tripota le corps.

Dans ma bouche, il enfonça son sexe.

Au fond de mon ventre, il agita ses doigts.

Je respectais à la lettre le protocole habituel, pénétration buccale, vaginale, anale, un ordre immuable qui rassurait les hommes, seulement les hommes, personne ne cherchait à rassurer les femmes. À croire que nous étions moins fragiles qu'eux.

Notre scène fut interrompue à maintes reprises et pour tout dire entrecoupée, tournée en plusieurs fois ; nous faisions des pauses, tantôt pour que je me laisse photographier, tantôt pour que l'on change de position. Tommy, qui en profita pour se lever, quitta la pièce et prétendit se rendre aux toilettes. Quelques secondes après son départ, des gémissements s'élevèrent de la chambre d'à côté : il avait en chemin croisé Manon qui discutait avec une poignée d'invités et, reconnaissant Rachel Fox, il avait décidé d'y goûter.

Je demeurais nue, déçue, assise sur le canapé, les mains jointes pensivement et le regard dans le vague, quand j'aperçus Francesco en caleçon, surexcité, s'en aller filmer cette nouvelle scène qui s'improvisait. Il dit Tommy, tu n'avais pas envie de pisser ? Ce serait drôle que vous fassiez une douche dorée ! Puis à mon attention il cria Fleur, Fleur viens par là, vous allez faire un plan à trois !

Je franchis le pas de la porte et je la vis, Rachel, trempée, agenouillée, la langue tirée. Les cheveux collés à son visage. Son mascara avait coulé, il formait des traînées de boue le long de ses joues. Je n'en revenais pas : l'on pouvait donc uriner sur une femme sans que cette action n'entraîne aucune réaction des personnes présentes ?

Un pas, un unique pas de plus et je me tins si près d'elle que je pus lui tirer les cheveux en arrière, maintenir sa tête droite face à la verge de Tommy. J'avais pourtant le choix d'étreindre Manon, de simplement lui poser une main sur l'épaule ou de lui dire que tout irait bien. Je me sentis longtemps coupable de ne l'avoir pas fait.

Mais de toute façon, Rachel suçait Tommy à un rythme trop soutenu pour me prêter attention. Je restai immobile, debout derrière elle, et détournai peu à peu la tête jusqu'à ce que Tommy demande à changer de position.

Alors, nous changeâmes de position.

Il nous ordonna de nous allonger côte à côte sur le dos et de remonter nos genoux sur notre poitrine. Il s'exprimait d'une voix rude, sèche et maîtrisée. Sans émotion ; parce qu'il était un homme. Un vrai.

L'on entendit à l'autre bout de l'appartement des hurlements feints qui s'entremêlaient. L'on vit dans cette chambre deux jeunes femmes pénétrées tour à tour par l'homme qu'elles se partageaient. L'on sentit près de leurs corps les effluves de la pisse qui leur irritait la peau. L'on imaginait en les regardant que cette scène avait été préparée. Prévue telle : millimétrée. Alors que rien n'était anticipé. Et tandis que tout mon être se concentrait sur la nécessité de paraître juste à l'écran, mon estomac se retourna et déversa le contenu de mon repas sur la moquette. Francesco et sa caméra jubilaient. Ils enregistrèrent tout.

À la fin du tournage, Tommy nous chassa du lit pour s'y allonger. Je lui tournai le dos, à genoux par terre, sans prononcer un mot. Manon partit se doucher.

Tommy, tout en s'allumant une cigarette, me dit qu'il aimait les plans à trois. Les plans à trois avec deux femmes, seulement des femmes. Il ne souhaitait voir aucun homme nu pendant les tournages ; la vue d'une bite en érection le dégoûtait. Pire : elle risquait de le faire débander ; il n'était pas pédé. Et l'odeur de la pisse, pensais-je alors, l'odeur de la pisse qu'il avait déversée sur le corps de Rachel, la pisse qui avait rendu sa peau acide et dont l'odeur m'attaquait les narines, se demandait-il quel effet elle produisait sur elle, sur moi ? Et le fait qu'il me délaisse, qu'il m'abandonne en plein tournage pour aller se taper l'actrice d'à côté, croyait-il seulement que cela m'excitait ? Me rassurait ? J'entendais Tommy soliloquer et je compris à quelle catégorie d'hommes il appartenait.

Il n'était qu'une bête.

Un animal craintif, capable de tout avilir pourvu qu'il serve ses intérêts. Et tandis qu'il parlait, je me levai comme si de rien n'était pour me rendre dans le salon adjacent, réunir l'ensemble de mes vêtements et les enfiler, promptement. Puis je souris en baissant la tête, fière d'avoir planté Tommy en plein monologue.

Je terminai de me rhabiller lorsque Manon sortit de la salle de bains et se trémoussa quelques minutes, nue. Francesco lui attrapa la main comme s'il s'apprêtait à lui demander une faveur. Il dit Rachel, ma belle, on n'a pas terminé tu sais ? Je voudrais te filmer en train de parler, de dire que tu as aimé, que tu approuves l'ensemble de ces pratiques et que la douche dorée, le pipi dans la bouche, c'est toi qui l'as demandé. Il faudrait que tu affirmes ton consentement en vidéo pour empêcher les puritains, les coincés et les mal baisés de venir nous faire chier.

Alors Manon s'exécuta, en plan américain face caméra, après s'être appliqué une couche d'anticerne et un peu de mascara. En l'écoutant, je me souvins de ce cours auquel j'avais assisté, dans lequel il était question de consentement, de dignité. Je m'interrogeai sérieusement : si le lancer de nain était contraire à la dignité de tous les êtres humains, indépendamment du vœu de la personne lancée, indépendamment du fait qu'elle soit rémunérée, que fallait-il penser du consentement de Manon à se faire pisser dessus devant la caméra de Francesco ? En quoi ces deux situations différaient-elles ? Je regardais Manon sourire, et j'entendis la voix d'Esther répéter la phrase qu'elle avait prononcée lors de notre rencontre sur le toit, Tu diras que tu aimes ça et tu y croiras sûrement. Manon s'exprimait face à moi et je me laissai gagner par une perplexité contenue. Ce qu'il me restait d'insouciance disparut.

À l'issue de l'enregistrement, alors que j'étais parfaitement rhabillée, je me déplaçai, silencieuse, jusque dans la salle de bains, je m'y enfermai à clé, je fis couler l'eau, je m'assis sur le sol près de la baignoire, recroquevillée, et je sentis mon cœur battre entre mes côtes, peser sur mon estomac. Je claquai des dents. De légers spasmes agitèrent mon buste. Mon corps s'assécha, se fripa. Il devint douloureux.

Manon frappa à la porte et me sortit de mes pensées. Sans attendre que je lui ouvre, elle se mit à crier : Fleur ! C'est gentil d'avoir accepté de rencontrer mon ami ! Je vais t'organiser le rendez-vous. Tu offriras à Patoche un peu de tendresse. Il le mérite lui aussi !

J'avais accédé à sa demande afin de ne pas la décevoir, mais aussi car les tournages étaient trop mal payés ; j'étais incapable de réclamer quoi que ce soit qui s'apparentait à une augmentation.

Je lui ouvris, Manon était toujours nue. Je la regardai dans les yeux et avec compassion, je lui souris.

28

Ne réclame pas. Si on te propose, n'accepte pas. Si Allah veut que tu aies, il te donnera. J'avais grandi avec ces règles comme mantra.

Quand j'étais enfant, il y avait un bar, excentré de la cité, dans lequel seuls les hommes avaient le droit de s'installer. Ce n'était pas une règle affichée, mais un accord tacite conclu entre le gérant et l'ensemble de ses clients : venez comme vous êtes, en jogging-basket ou avec un béret sur la tête, pourvu que vous soyez de sexe masculin. Alors les hommes du quartier, ceux qui ne travaillaient pas, s'en donnaient à cœur joie : tout le jour durant, ils commentaient les déplacements des passants et portaient un regard méfiant sur la transformation du monde. Sur ce qui les dépassait. Sur ce qu'ils ne comprenaient pas.

Je m'y rendais quelquefois, parce qu'il s'agissait du seul endroit où l'on pouvait acheter et revendre des vignettes Panini à l'unité. Dès que j'y posais les pieds, les regards se tournaient vers moi. Je m'y sentais scrutée, pas à ma place, jugée. J'y reconnus un jour le père d'Andrea, attablé face à une bouteille d'anisette, le teint rougeaud. Il répétait des paroles décousues. Je compris que la vie d'Andrea n'était pas plus simple que la mienne et que son père avait perdu son emploi.

Ma mère entra dans une colère folle lorsqu'on lui rapporta qu'on m'avait aperçue dans le bar des hommes, et que je m'y adonnais, tenez-vous bien, à un commerce clandestin. Elle me dit que j'avais importuné le gérant, que je lui avais demandé la charité pour lui extorquer des vignettes à l'unité.

— C'est faux! protestais-je.

— *Skouti!* s'écria-t-elle. Tu réponds pas. Tu fais pas de vague. Tu déranges pas.

Ce jour-là, deux forces contraires s'exprimaient à travers elle: la fatigue et l'orgueil. Que l'on me prenne pour une pauvresse faisant l'aumône, voilà ce qui inquiétait le plus ma mère. J'eus beau lui expliquer que ce commerce souterrain était organisé et que je n'en étais pas à l'origine, rien n'y faisait: même si l'on me proposait, je ne devais pas accepter. C'était, chez elle, une forme de fierté. La débrouille en étendard. Tout compter au centime près, conserver les tickets de caisse, chasser les promotions. Mais ne jamais rien attendre de qui que ce soit. Les voisins s'entraidaient, elle-même avait initié une quête pour soutenir la famille d'Andrea, mais elle refusait que nous bénéficiions des services rendus par les autres. Elle craignait plus que tout que nous leur soyons redevables. Pieds et mains liés. Ou que les autres nous utilisent en prétendant nous aider. J'avais intégré cette idée, avant de la rejeter partiellement: je ne sollicitais jamais l'aide de qui que ce soit, mais ce que Manon me proposait tombait à pic. Et à présent, tandis que mon ancienne amie Andrea vivait studieusement et se construisait un avenir, je m'enfonçais avec ces gens et je condamnais le mien.

29

Esther me téléphona. Elle avait demandé mon numéro à Francesco qui le lui avait transmis. J'accueillis son appel avec joie. Le ton de sa voix était si chaleureux qu'elle me parut sourire à travers le combiné. Elle m'avait appréciée et souhaitait que l'on se revoie. Cela me toucha sincèrement. Nous nous reverrions, oui, le jour même, après mon rendez-vous. Et lorsque je lui dis que je me déplaçais chez un client, sans lui dire qu'il s'agissait de l'ami de Manon, Esther me souhaita bon courage. Tout simplement.

Il faisait froid ce matin-là. C'était l'automne et le soleil, caché derrière une épaisse couche de nuages gris, jouait au timoré. Je me trouvais dans la rue du Cherche-Midi ; Patoche Culbuto m'y reçut pour une heure. À l'entrée de son immeuble, écrasé entre une bâtisse en pierre de taille et la boulangerie Poilâne, s'élevait un porche qui conduisait à une cour simple, sans fioritures – à gauche les trois bennes à ordures, à droite un ou deux pots de fleurs –, au milieu de laquelle je m'immobilisai un instant pour relire les échanges que j'avais eus la veille sur la putosphère.

Quel déshonneur, s'était emportée Butchette, tu as laissé un intermédiaire s'immiscer entre ton client et toi ? En acceptant cela tu abandonnes ta liberté, tu consens à être monnaie d'échange, tu es possédée, acquise, tu te laisses céder comme une marchandise ! Lorsque je lus ces mots, j'entendis l'écho de sa voix cogner contre les murs qui encerclaient la cour, avant de s'échapper vers le ciel. Je me dis que Butchette prenait les choses trop à cœur. Cette prostituée qui se déplaçait chez un client qu'elle n'avait pas choisi, elle n'était pas moi. Elle était une autre femme, et cette autre avait tant de fois franchi les seuils, poussé les portes de chambres inconnues, elle n'avait plus peur des déconvenues. J'étais trop bornée pour comprendre le message de Butchette et saisir le sens de sa mise en garde. J'ignorais encore que Rachel, pour le code pénal, fit ce jour-là office de proxénète. Et je crois bien qu'elle-même l'ignorait aussi.

Grisélidis_R, quant à elle, évoqua un autre point important. La difficulté, m'écrit-elle, c'est que tu n'as jamais échangé avec ce client. La communication est la clé, chère Fleur, dans tous les domaines. Si Patoche veut une PSE – acronyme de *Porn Star Experience* – ton tarif, tu peux le tripler sans problème.

Je portais un gros pull sur une robe noire et des ballerines. Mes cheveux avaient séché à l'air libre, ils étaient encore humides. Si Patoche Culbuto s'attendait à une PSE, il allait être franchement déçu.

L'éphèbe qui ouvrit la porte m'accueillit sans prononcer un mot. Je me dis qu'il ne ressemblait pas aux clients habituels ; qu'il était plus beau. Mon regard instinctivement s'adoucit et lorsque je m'en aperçus, lorsque je me vis minauder comme une grue, je sentis mes joues rougir. Le jeune homme, désintéressé, m'abandonna devant la porte d'entrée et s'installa dans le salon sur le canapé, d'où il gueula Papa ! Ton *escort* est arrivée !

Patoche apparut ; frisson de dégoût. Il était maigre et pauvrement vêtu, sa peau était ridée, ses cheveux en pétard, une de ses dents gâtées. Il m'accueillit néanmoins avec affabilité : il me retira mon manteau, me proposa de m'asseoir, m'offrit quelque chose à boire. Il me tendit quatre billets tout juste sortis de sa poche. J'évaluai la ressemblance entre son fils et lui ; aucune.

Patoche me considéra quelques minutes avec hésitation ; je lui demandai pour engager la conversation : Alors tu connais Rachel Fox ?

En effet, Patoche la connaissait. Il l'avait découverte à l'époque de ses mémorables *peep-show* au Club 88, et l'avait approchée dans l'espoir de tourner avec elle une vidéo porno pour le site amateur qu'il animait. Rachel l'obsédait pour sa poitrine en premier lieu, pour son cul qu'il trouvait merveilleux, et pour son air toujours blasé, parfois perdu, limite malheureux. Mais ce connard de Phil Fogg, Tu vois qui c'est ?, avait devancé Patoche. Par sa faute, la carrière d'actrice de Rachel avait décollé, ce qui la rendait beaucoup trop chère pour un type comme lui. Il déclamait cela avec dans la voix une mélancolie qui conférait à la douleur. Je compris que je n'étais pour lui qu'un choix par défaut ; j'en souffris terriblement. Avec le temps, je me suis endurcie et désormais, être la favorite d'une bête ne constitue plus ma raison d'être.

Patoche, qui ne s'intéressait qu'à lui, me parut peu à peu insignifiant et grossier. Il regrettait, comme tous ses collègues professionnels ou amateurs, l'âge d'or du porno, les années 1970 et les réalisateurs comme Barny Leroy ou Jean-François Davy ; cette époque où, me dit-il, le cinéma pornographique était un cinéma de genre, lorsque les films *Gorge profonde* ou *Bananes mécaniques* trônaient à l'affiche des salles obscures. Le cul, Patoche s'y consacrait pleinement : il vendait la majeure partie de l'année des films de piètre qualité, et s'envolait l'été pour des îles lointaines où il pratiquait le tourisme sexuel. En prétendant acheter du sexe, il achetait en réalité une autorisation à dominer.

Comment ai-je pu tomber aussi bas ? C'est la question qui me hante lorsque je me revois pénétrer dans cette chambre, dont les murs étaient recouverts de photographies de femmes extrêmement jeunes, extrêmement nues. Quel était le problème des réalisateurs porno avec les femmes aux physiques d'enfants ?

Patoche ferma la porte et s'approcha de moi avec un sourire vicieux.

Le taquiner, minauder, faire semblant.

Il ne bandait pas, ou si peu.

Le caresser. Lentement.

Il m'expliqua l'air tourmenté qu'il éprouvait des difficultés à maintenir une érection face à une femme intelligente. Or Rachel lui avait dit que j'étudiais le droit ; je représentais pour lui le summum de l'intellect. On en revenait toujours à cela : l'impossibilité des bêtes à désirer les femmes qu'ils tenaient en respect. Et le corollaire : les bêtes ne respectaient pas les femmes avec lesquelles ils couchaient. Quand je le compris, je me sentis plus puissante que tout, plus puissante que lui, je voulus en finir vite et partir à l'heure pour retrouver Esther. Alors je donnai de ma personne pour le rassurer.

Paraître futile, idiote.

Gémir comme une sotte.

Ces techniques portèrent leurs fruits et Patoche se sentit à son aise. Il gonfla la poitrine et inspira comme pour me signifier qu'il recouvrait sa vitalité. Il retira son pantalon et c'est là qu'il me la dit. La phrase assassine :

T'aimes faire la pute, salope.

J'étais libre de partir. J'aurais pu lui rendre ses billets, enfiler mon manteau, m'enfuir dans un coup de vent, mais je levai la tête et lui souris, comme s'il m'avait annoncé une bonne nouvelle. Encouragée par l'argent qu'il me versait, je ne voulus pas le vexer, pas rendre de comptes à Manon, pas ternir ma réputation naissante dans la profession. C'était précisément ce qu'il cherchait : asseoir sa position dominante. Il savait bien qu'une actrice débutante ne pouvait se permettre d'être susceptible.

Patoche m'attrapa la taille et plongea sa main sous ma robe ; je jetai la tête en arrière pour qu'il ne m'embrasse pas. Comme toujours, ma personne s'effaça, face à sa braguette, à son boxer, à ses attentes triviales. Mes yeux fuyaient son regard. Patoche ne le voyait pas. Peut-être qu'il refusait de voir. Et lorsqu'il s'avachit sur moi en disant Han, lorsque sa bouche me renvoya son haleine au relent dégoûtant, je cessai de respirer. C'était son odeur qui m'étouffait. Sueur âcre et tabac froid. J'avais déjà senti ce mélange d'odeurs. Où, je ne m'en souvenais pas.

Mon esprit bifurqua.

30

Mon histoire se répétait. À ma place on décidait, on parlait et je me taisais.

Je rentrai du lycée, un soir, je traversai le couloir de notre appartement. Ma mère était bien présente – ses chaussures étaient posées dans l'entrée – mais je ne la trouvai ni dans la cuisine, ni dans le salon. J'avançai lentement, pleine d'appréhension, sans mesurer l'ampleur de la déflagration à venir.

La porte de ma chambre était ouverte en grand. Lorsque je le découvris, mon angoisse fut telle qu'elle me déclencha des palpitations ; le cœur qui bat, le corps qui bout.

Ma mère.

Dans ma chambre.

Elle avait fouillé dans mes affaires, elle les avait retournées et jetées par terre, en vrac. Je listai mentalement les objets compromettants sur lesquels elle pouvait tomber. Un paquet de cigarettes. Des préservatifs. Un string argenté.

Et je la vis. La boîte de capotes. Ouverte. À ses pieds.

Je me précipitai vers ma mère pour la faire sortir, je me préparai à mentir, j'aurais pu inventer n'importe quoi pour justifier la présence de ces préservatifs, que j'avais cachés dans le tiroir de mon bureau et qui se retrouvaient là, au milieu du bordel qu'elle avait balancé dans ma chambre, sur le lino.

Ma mère se retourna tout sourires, elle tenait à la main un prospectus de l'Université Paris 1 sur lequel j'avais surligné les informations relatives à la faculté de droit.

— Je cherchais autre chose mais je suis tombée sur ça. Tu vas étudier le droit ?

Elle me prenait de court ; je ne m'y attendais pas. Je serrai les dents ; la boîte de capotes était toujours là. Comment était-il possible qu'elle ne la remarque pas ?

Je m'assis tremblante sur mon lit de l'autre côté de la chambre afin de contraindre ma mère à tourner la tête pour me regarder. Je profitai de ce moment pour chercher une réponse appropriée. Je ne voulais pas particulièrement étudier le droit, ce prospectus nous avait été remis au lycée, il avait traîné des semaines au fond de mon sac à dos avant que je ne le jette dans le tiroir du petit bureau.

— Oui, je veux devenir avocate.

Ma mère ferma les yeux quelques secondes puis vint s'asseoir à mes côtés. Elle s'agrippa de toutes ses forces à ma vocation improvisée. Elle me dit qu'elle était tellement fière, que ça ferait les pieds à mon père, ce *faranssaoui* qui ne m'avait jamais élevée, qui ne savait pas ce que c'était que de se sacrifier pour un autre que soi, je pourrais peut-être lui soutirer une pension ; nous envoyer de l'argent chaque mois, c'était bien le moins qu'il pouvait faire, n'est-ce pas ? Ma mère attrapa mes épaules et plongea ses yeux noirs dans les miens, ses yeux qui versèrent quelques larmes tant elle était émue que sa fille unique, à elle, veuille devenir avocate. Un sourire crispé s'esquissa sur mes lèvres ; je voulais juste qu'elle parte.

Ma mère me dit que les avocats aidaient les gens, qu'ils gagnaient beaucoup d'argent, que tonton Ahmed avait obtenu son titre de séjour grâce à l'un d'eux, qu'elle pouvait l'appeler, qu'Argenteuil n'était pas une ville si éloignée, qu'il pourrait m'aider, que je me spécialiserais en droit des étrangers.

— Ah non ! Je ferai pas du droit des étrangers.

— Ne dis pas de bêtise.

— N'appelle pas tonton, pas la peine de le déranger.

— *Ma kayen chi mouchkil*, c'est comme ça la famille !

Elle se leva euphorique, sortit de ma chambre pour attraper le combiné du salon, composa le numéro de mon oncle. Je ramassai les préservatifs que je devais cacher dans un autre endroit, plus difficile d'accès, cette fois. Sous le matelas ? Dans une boîte ? J'hésitais, je ne savais pas. Pendant que je m'interrogeais, ma mère alluma le haut-parleur depuis le salon pour me faire partager sa discussion. Comment allait la femme de mon oncle ? Sa femme se portait bien, merci. Et comment allait la jeune Lila ? Grâce à Dieu, Lila se portait bien, elle aussi. La conversation s'éternisa et ma mère put s'adonner à son activité favorite. Parler de moi. Choisir pour moi. En ma présence. Mais jamais avec moi.

31

Patoche non plus n'était pas avec moi ; il baisait tout seul. Qu'est-ce que je foutais là ?

Partir vite, mon instinct me le dictait. Un sourire, un au revoir, et puis s'en aller. Quitter ce client, cet appartement, cet immeuble, cette rue, ce quartier. Retrouver Esther qui m'avait donné rendez-vous sur les quais pour déjeuner.

Malgré la fraîcheur de cette matinée d'automne, elle m'attendait assise en tailleur par terre, emmitouflée dans un gilet de laine mais les pieds nus, ses chaussures posées à ses côtés. L'odeur et la nausée me quittèrent dès que je la vis ; je lui souris. Elle piocha dans un paquet de chips, m'en proposa une poignée, essuya ses mains sur son jean, me demanda si j'avais passé une bonne matinée. Je lui racontai le rendez-vous dont je sortais, je ris des problèmes d'érection auxquels j'avais été confrontée, je me moquai de ce client qui craignait que je le domine intellectuellement. Je lui parlai de mes manœuvres pour le rassurer, mimai mon air imbécile pour le conforter, mais je passai sous silence la violence et l'humiliation, les mots assassins qui résonnaient toujours au fond de mon ventre, la sueur et le tabac qui m'avaient soulevé le cœur.

Esther me répondit que toute la fierté de ces hommes tenait dans leur bite et elle hurla de rire en prononçant ce mot : bite.

Elle dit, Ils la croient puissante leur bite, alors qu'on lui fait peur, ils la croient longue alors qu'elle est courte, et si elle était longue, ils paniqueraient à l'idée qu'on la leur coupe. Je ris en observant chacun de ses mouvements, impulsifs, légers, gracieux, qui me donnaient envie d'être elle.

Elle se tut longuement et regarda ses mains, la tête baissée. Puis elle se redressa, tourna la tête vers moi et rompit le silence en disant Je les hais. Je les hais vraiment. Comment faire autrement ?

32

Cette formule d'Esther trouva écho en moi ; je n'étais jamais parvenue à le dire aussi frontalement, mais je haïssais tout autant qu'elle les clients.

Nous nous revîmes souvent, notre amitié grandit. Je me souviens du jour où elle me proposa de l'accompagner au Beverley – le dernier cinéma pornographique de Paris. Le film qui retint son attention n'était pourtant pas de ce registre ; le Beverley projetait à titre exceptionnel un reportage sur la vie d'une ancienne actrice X, Annabel Chong, connue pour avoir été, dans les années 1990, la première femme à figurer dans le *Livre des records* en raison du nombre de rapports sexuels qu'elle avait supportés, à l'occasion d'un *gang-bang* de dix heures :

251.

Je n'avais jamais entendu parler de cette femme mais quand Esther prononça ce chiffre, je fus prise de vertiges ; inimaginable. Ce record fut par la suite battu à de nombreuses reprises.

Le visionnage de ce reportage me laissa une impression terrible ; si à certains égards, Annabel imposait le respect (ses enseignants la décrivaient comme une étudiante brillante), dans d'autres situations, elle me paraissait perdue, surexcitée (droguée ?), vulnérable et manipulée. Lors de sa remise de diplôme à la faculté, un homme prononça un discours dans lequel il ne cessa de la renvoyer à son record sexuel. Dans la salle, les autres spectateurs ricanaient et je ne pus retenir une larme pour elle : cet homme la dépossédait de son moment. Il la réduisait publiquement, dans son université, à l'image sexuelle qu'il entendait conserver d'elle. Son discours, à mes yeux, signifiait : Tu n'as pas ta place parmi nous.

Je poussai un cri d'effroi en apprenant que des bêtes avaient participé à son record sans fournir de test VIH, contrairement à la demande de la jeune femme. Certains avaient retiré leur préservatif, toujours au mépris des volontés qu'elle avait exprimées. La vidéo devint l'un des plus gros succès commerciaux de l'industrie porno. Annabel aurait dû être rémunérée dix mille dollars pour ce tournage. Elle n'en perçut rien.

Si le reportage me parut parfois voyeuriste, je m'identifiai à Annabel lorsque sa mère apprit l'activité de sa fille. Je me dis qu'elle avait du cran d'accepter cela. Que l'on filme sa mère. Que l'on entre dans son intimité. Et je me promis que jamais, sous aucun prétexte, je n'accepterais une chose pareille.

Annabel avait souffert durant le *gang-bang* qui la rendit célèbre ; peu importe le nombre de partenaires, dix heures consécutives de rapport sexuel ne laissent pas un corps indemne. Pourtant, elle en parlait avec fierté, posait les bras levés en V de la victoire, se comparait aux prostituées sacrées des temples babyloniens. Je la trouvai certes cultivée, mais complètement perchée ; comment en était-elle arrivée là ?

Tout s'éclaircit lorsque Annabel évoqua le viol originel, survenu dans un local à poubelles, et qui nourrit par la suite son souhait de se réapproprier son corps en se lançant dans cette industrie. Ce viol comme point de départ de sa boulimie autodestructrice, savamment enveloppée dans un discours intello-féministe.

Lorsque nous quittâmes le Beverley, j'avais le cœur lourd et l'impression que le violeur d'Annabel ne s'était pas contenté de la violer ; il avait aussi détruit sa vie. Tu vois, me dit Esther, Annabel, c'est un contre-modèle : exactement tout ce que l'on ne doit pas faire.

J'acquiesçai.

J'appris plus tard qu'elle avait définitivement quitté le porno pour concevoir des sites internet.

Changer de voie était donc possible. Cette femme l'avait fait.

33

Je crus tenir le malheur à distance en exhibant ma joie, ou ce que je considérais comme telle, ce que les autres retenaient de moi. C'était d'autant plus vrai dans une industrie du paraître, qui transforme votre image en un gage d'intégration réussie au sein d'un nouveau milieu. Une industrie qui cache les fêlures, les doutes, les vulnérabilités ; les spectateurs sont là pour bander, pas pour s'apitoyer. Aussi décalé que cela puisse sembler à présent, cette situation me convenait : j'accueillais la vie et ce qu'elle avait de plus grand, de plus immense, de plus puissant. Je conservais toutefois les pieds sur terre, n'envisageais pas de me lancer dans une carrière, privilégiais toujours mes cours. Mais il est vrai qu'à côté des tournages au sein desquels je me trouvais valorisée, la faculté faisait pâle figure. Chacun des cours auxquels j'assistais ressemblait aux précédents. Comme je redoublais, je ne connaissais personne et ne cherchais à nouer aucune nouvelle amitié : ma vie était extérieure à la fac, à présent.

Un jour, je sortais d'un TD et je me hâtais, sac sous le bras, j'avais des choses à faire, je ne voulais pas m'éterniser. Une main se posa sur mon épaule, je me retournai, cela me fit tout drôle, un jeune homme que je ne connaissais pas me dévisagea et me demanda Fleur ? Fleur Delorme ? On peut faire un selfie ?

Ses amis éclatèrent de rire.

Ils riaient de moi.

Comme le public lors de la remise de diplôme d'Annabel Chong.

À mon tour je lui souris pour sauver les apparences. Un moyen de me protéger ; j'étais pétrifiée.

Sans attendre ma réponse, il entoura mes épaules de son bras et s'apprêta à immortaliser l'instant au moyen de son smartphone. J'étais sa chose, sa possession. Mon avis ne comptait pas.

Je me libérai de son bras et m'enfuis en courant, tout en masquant mon visage de ma main. Les rires dans mon dos reprirent de plus belle. J'aurais dû le recadrer, le gifler, l'affronter. Lui dire que j'étudiais pour les mêmes raisons que lui, et certainement pas pour que l'on me vole ce droit. Je m'en veux à présent d'avoir tremblé pour un gamin, qui faisait le mariole devant ses copains. Dans ma fuite, mes yeux croisèrent ceux d'Andrea qui descendait les escaliers. Elle arriva à mon niveau ; je ralentis. Nous étions presque face à face. Elle me regarda avec des yeux infiniment tristes. Je compris qu'elle savait.

J'avais toujours été celle qui se faisait prendre, celle que l'on engueulait alors qu'elle s'était contentée de regarder ou de suivre sans questionner. L'été de nos treize ans, nous passions nos après-midi à marcher sans but dans la galerie marchande du Auchan. Andrea volait parfois des sucreries que nous partagions, assises à califourchon sur le dossier d'un banc. Je préférais les caramels au beurre salé, dont le sucre laiteux me collait aux dents. Andrea, pour me satisfaire, abandonna les Carambar, les Haribo et les Krema, elle ne vola plus que les caramels bretons, et cette délicieuse attention me toucha.

Mais un jour Andrea s'énerva. De ses deux mains elle repoussa mon buste et elle cria, me reprocha de bénéficier de ses larcins, de lui faire courir des risques que je ne prenais pas.

— Je n'ai jamais volé, murmurais-je en regardant mes pieds.

— Eh bien tu vas commencer. J'ai grave envie d'avoir de vraies Air Max. À moins que tu demandes à ton vieux mec de me les payer ?

Elle me lançait un défi ; j'étais indignée. Elle ne supportait pas que j'aie pu sortir avec un gars plus âgé. Je décidai de l'impressionner, de me faire pardonner pour cette relation, et surtout de lui prouver mon engagement dans notre amitié.

Je me retournai sans un mot et j'entrai dans le magasin de sport, je trouvai le rayon des Air Max, il en existait de toutes sortes, des Requin, des TN et que sais-je encore. Chacune présentait différentes qualités ; les Requin bleues étaient très à la mode, les TN vertes, vendues en édition limitée, venaient tout juste de sortir et coûtaient beaucoup plus cher. Je ne savais pas quelle paire choisir. La climatisation tournait à fond, mon corps entier frissonnait. Je m'entendis penser Courage et je pris le premier modèle d'exposition, pour prouver à Andrea que j'avais du cran, pour susciter son admiration.

À la sortie du magasin une main saisit ma capuche et me retint. Andrea, qui m'attendait dehors, baissa la tête et s'en alla. La voix d'un homme dans mon dos s'éleva et demanda Dis-donc demoiselle, où vas-tu comme ça ?

Je gesticulai de façon désordonnée, la main de l'homme attrapa mon poignet, mon poignet si fin, si fragile, mon poignet qui aurait pu se briser. Le vigile m'avait évidemment repérée, il me demanda mon carnet de correspondance – je ne l'avait pas sur moi puisque c'était les vacances.

J'éclatai en sanglots. Le vigile voulut mon nom pour prévenir mes parents ; je refusai de le lui donner, catégoriquement. Il me dit qu'il contacterait le commissariat, qu'il m'avait de toute façon vue, chaque jour depuis des semaines, déambuler avec la petite Andrea, la gamine blonde et vulgaire dont il connaissait le père, il le préviendrait. L'angoisse m'étreignit si fort que je me sentis mal.

Malaise vagal.

Il fallut appeler les pompiers.

Je m'en sortis de cette façon-là.

Combien de temps dura cette scène ? Des semaines entières dans ma mémoire ; en réalité quelques minutes à peine. Mais le pire, dans cette histoire, fut qu'Andrea cessa complètement de me parler. Par le vigile ou bien par elle, son père fut effectivement informé. C'est la honte ! hurla-t-il à ma mère quand il le lui rapporta. *Hchouma* totale ! répondit-elle en implorant Allah. Dans la cité, les parents étaient unanimes : elles filaient un mauvais coton, ces deux gamines. Andrea changea d'établissement ; je ne la croisai plus que de temps en temps, de loin, de moins en moins souvent.

J'eus beau expliquer à ma mère qu'Andrea m'avait poussée dans cette galère, elle ne voulut rien savoir ; j'avais trahi l'honneur de ses ancêtres. Il y eut les coups, aussi, les coups dont elle m'abreuvait de nouveau, les coups qu'elle portait à mon visage ou dans mon dos. Comme à chaque fois, j'attendais qu'elle se calme.

Et c'est avec tout cela en tête que je reçus le regard attristé d'Andrea, quand je la croisai au pied des escaliers de la faculté. Elle fit un geste en ma direction comme si elle avait eu l'intention de me parler ; je feignis de ne pas l'avoir remarqué et poursuivis ma course jusqu'aux toilettes des femmes. Enfermée dans une cabine, j'attendis quelques secondes, sans respirer, debout dos à la porte, afin d'être certaine que personne ne m'avait suivie. Cela paraît absurde. Irrationnel. C'est pourtant bien réel : quand le comportement des autres vous renvoie l'image de quelqu'un qui n'a rien à faire là, vous finissez par y croire. Je me calmai progressivement, mais je tremblais encore. Quelque chose se mettait en branle dans la mécanique de mon corps. J'entendis résonner, dans les profondeurs de ma tête, une voix qui me disait : Mais pourquoi est-ce que tu t'infliges ça ?

La voix de la culpabilité ; je la chassai. Je n'étais coupable de rien.

Il y avait aussi ce geste d'Andrea, ce geste qui ouvrit une brèche en moi. Les tournages et les clients, toutes les choses que j'entreprenais à présent ne pouvaient pas la réparer. Et je vis lentement poindre quelques regrets au sujet des mauvais choix que j'avais faits.

34

La nuit qui suivit, des images désagréables me traversèrent, des scènes qu'il me semblait avoir déjà vécues mais qui ne m'apparurent que par fragments : un automobiliste la verge à l'air surveillait une gamine pour lui demander un renseignement ; dans les toilettes du collège, des adolescents tripotaient une adolescente ; à la piscine municipale, un homme la regardait en se branlant ; un autre à côté d'elle se masturbait dans le RER à Sevran. Je devais avoir douze, treize ans. Partout j'étais observée, jaugée, menacée par des pénis en érection. Il y avait ma mère, aussi, qui entre deux prières se mettait en colère ou commentait l'apparence des autres femmes : trop vulgaires, trop grosses, trop vieilles, pour qui se prenaient-elles ?

J'avais conservé différents souvenirs de mon enfance, anecdotes familiales et sensations, ambiances. Mais lovée au fond de mon lit, dans la fraîcheur automnale de cette nuit emplie de nostalgie, je réalisai qu'autre chose dégoulinait sur moi et me contaminait de nouveau. C'était lié à l'odeur de Patoche Culbuto, une odeur qui demeurait sur ma peau comme s'il avait cherché à me salir.

Lorsque je parvins à m'endormir, je fis un rêve nauséabond dans lequel je m'apprêtais à passer du temps avec un client, semblable à tant d'autres, un peu mufle et indélicat sur les bords tout en étant persuadé du contraire. Nous ne nous étions jamais rencontrés mais je le savais pénible : il avait exigé que je soigne ma tenue et que je porte des chaussures à talons hauts, alors qu'elles cisaillaient mes pieds. J'avais horreur des hommes comme ça. Des clients. Ils pensaient que je leur appartenais pour deux cents euros ; je n'appartenais à personne. Il m'accueillit de nuit, accoudé sur la plage arrière de sa voiture stationnée dans une zone industrielle. Dès que je m'installai sur la banquette, je sentis cette odeur envahir l'espace, une odeur grasse et masculine, crasse, transpiration et nicotine – ou peut-être tabac froid. Mon cœur se souleva. Il ouvrit la braguette de son pantalon et s'apprêta à m'attraper la tête pour appuyer dessus, mais il n'en eut pas le temps : dans la pénombre, je dégainai mon gros couteau et le lui enfonçai dans la carotide, le sang gicla par rafales et recouvrit tout, la banquette, l'habitacle, mes vêtements. Je m'enfuis en courant mais l'odeur m'enveloppa, elle s'enroula autour de mes pieds pour me faire trébucher ; je suffoquai. Je me réveillai en sursaut et pleine de haine, puis je fus prise de remords, me demandai comment est-ce que j'avais pu tuer cet homme, avant de réaliser que je ne l'avais justement pas tué ; ce n'était qu'un mauvais rêve, un cauchemar dont les étouffantes sensations déteignirent un peu sur la vraie vie. La tête me tourna. La nausée ne me quitta pas. Il était deux heures du matin.

Je me levai pour chercher mon ordinateur, mais noyée dans l'obscurité qui s'était emparée de ma studette, je ne le trouvai pas. Elle n'était pourtant pas immense, cette chambre, un peu moins de douze mètres carrés, un ordinateur ne pouvait pas s'y égarer. J'ouvris grand la porte de l'armoire qui me servait à ranger mes vêtements, je fondis en larmes et j'attrapai des piles aléatoirement, des pantalons, des chemisiers, et puis des cintres, des robes, des manteaux ; je les jetai par terre en criant. Tout me devenait insupportable, tout, ces visions, ma personne, ma vie. Je pleurai et m'assis par terre en serrant la racine de mes cheveux, pour les arracher par poignées. Alors je sentis monter en moi une peur, celle de me faire du mal physiquement, de retourner contre moi cette rage qui stagnait au fond de mon ventre. J'éprouvai un léger malaise à ce propos – me faire du mal, n'était-ce pas ce que je faisais depuis un moment ? Je repensai au reportage que j'avais visionné avec Esther, à l'épopée autodestructrice de la jeune Annabel, à la phrase de mon amie, qui affirma qu'il ne fallait jamais faire comme elle. Alors pour me sauver, pour ne pas me consumer, j'invoquai intérieurement Esther et mes sœurs de la putosphère. Inspirer, expirer. Une fois à peu près calmée, j'allumai et je le vis, mon ordinateur : glissé sous mon lit.

Quand je me souviens de cette nuit-là, et il faut que je m'en souvienne car sans elle je n'aurais probablement jamais eu la force de m'en sortir, je visualise un tunnel à l'extrémité duquel brille une lumière blanche comme une source d'espoir ; je retrouvais progressivement la mémoire. Assise sur ma couette, mon ordinateur posé sur mes genoux, je me connectai sur Internet pour consulter la putosphère.

Ce n'était qu'un forum de discussion comme il en existait de nombreux autres, mais il nous aidait, nous les putes, à supporter la dureté du monde. L'on y comptait une cinquantaine de membres actives, des femmes qui dans leur immense majorité n'avaient rien d'autre à quoi s'accrocher et se soutenaient mutuellement, dans une bienveillance sororale. Elles créaient à tour de rôle des *topics*, des sujets auxquels nous pouvions librement répondre ; celui qui appelait le plus grand nombre de réactions s'intitulait Qu'est-ce qui vous fait peur ? Chaque jour, les putes mes sœurs s'y engageaient avec moult détails et précisions, elles racontaient leur vérité, celle que nul ne voulait voir. Nous étions entre nous, nous nous épaulions et nous racontions tout, si bien que s'étalait sur des dizaines de pages une farandole de craintes sans lien apparent, mais qui se ressemblaient.

Des peurs de femmes.

Des peurs de femmes vulnérables.

Qu'est-ce qui vous fait peur ?

La possibilité de tomber sur un client violent / Les agressions nocturnes après un rendez-vous ; et si un autre que moi profitait de mon argent ? / Subir un rapport sexuel non protégé serait particulièrement éprouvant / J'ai peur que les hommes détournent le regard de mon corps vieillissant / J'angoisse pour ma fille de dix ans, à l'idée qu'elle soit une proie pour les mâles dominants / Moi j'ai peur des hommes gentils sans raison ou gratuitement, parce que cela traduit toujours une volonté d'emprise ou de manipulation / La mort ne m'effraie pas vraiment, pourtant j'ai peur pour nous quand je pense à Elsa, assassinée par un client qui entendait la posséder et ne supportait pas qu'elle veuille cesser de se prostituer.

Butchette demanda quelles étaient les conditions du décès d'Elsa et une sœur lui répondit qu'elle avait été poignardée. Poignardée comment ? interrogea Butchette, Eh bien, poignardée au thorax mais également au sexe pour marquer sa disgrâce. J'étais seule, assise sur mon lit, dans la pénombre face à mon ordinateur : horrifiée. Butchette proposa que l'on rende hommage à Elsa, que son âme ne disparaisse pas, qu'elle ne s'évapore pas dans les méandres des faits divers irrésolus, qu'elle serve de modèle à chacune de nous : Elsa avait eu peur, bien sûr, toutes les femmes ont peur, mais elle avait surmonté ses craintes jusqu'à la mort parce qu'elle tenait plus à la liberté qu'à la vie. Elle dit, NouEs aussi, nouEs devons surmonter nos peurs, nouEs aussi, nouEs devons prendre les armes, et vivre avec le risque de les voir se retourner contre nouEs. L'idée d'en découdre naquit ainsi, sur nos écrans d'ordinateurs, au cours d'une banale nuit d'insomnie. Je ne saurais dire si chacune y croyait sincèrement, mais le seul fait de l'évoquer apaisa peu à peu mon angoisse, ma peur de la mort – car ce soir-là, comme toutes les autres, je m'identifiai à Elsa. Ce groupe comptait pour moi. Ensemble, nous étions fortes. Quelque chose pouvait naître de ce collectif. Et c'est le cœur gorgé d'aspirations héroïques que je parvins finalement à trouver le sommeil.

Une notification de France Info reçue sur mon téléphone me réveilla vers midi ; Octave Germanopratin avait remporté les primaires du Parti. Le résultat était serré, le décompte des voix avait duré toute la nuit. Je me levai, l'humeur amère, et pensai à Arnolphe, à Victor ; ils chassèrent immédiatement mes rêves de grandeur. En eux, je voyais deux ogres qui m'avaient vidée de ma consistance pour s'en remplir la panse. Moi, je ne m'étais nourrie que d'un soupçon d'oubli, poussière sous le tapis, puis d'amertume que rien ne parvenait à apaiser. Nous n'avions pas vécu dans les mêmes quartiers, nous n'étions pas partis avec les mêmes chances dans la vie. De Mondial Moquette à Martinon, en passant par Arnolphe ou Victor, j'avais laissé les hommes m'humilier et me considérer comme un sous-être, un paillasson sur lequel se défouler, ou un marchepied sur lequel prendre de l'élan. Mon passé, mon présent, leur avenir rayonnant, tout cela bouillait à l'intérieur de moi, et je sentis une colère violente agiter mon corps, comme si elle n'en pouvait plus d'avoir été si longtemps réprimée.

Allongée sur mon lit, les yeux ouverts, je me laissais envahir par mes souvenirs lorsque je reçus un appel d'Esther : Je ne me sens pas très bien, me dit-elle. J'ai pensé que tu devais, toi aussi, avoir le cafard.

35

Je retrouvai Esther sur la butte Montmartre, dans l'un de ces squares dont la vue sur la cité renforçait la renommée de la ville : une vue à tomber. C'était une journée humide et sombre, une de ces journées durant lesquelles le ciel semble retenir ses larmes. Une journée si grise que les briques couleur tristesse de la basilique du Sacré-Cœur se fondaient dans les nuages bas et que les militants du Parti, habituellement si prompts à coloniser l'espace pour promouvoir leur candidat, n'étaient pas de sortie ; l'élection présidentielle attendrait.

Esther souhaitait toujours que l'on se retrouve à l'extérieur ; son logement, comme le mien, était minuscule et elle avait besoin d'air. Elle entendait profiter de la fin de l'automne et des parcs déserts. Je la reconnus de loin, assise sur le dossier d'un banc. La tête baissée, en colère, elle mangeait des bonbons, son sac posé entre ses pieds. Je la rejoignis.

Sans me laisser le temps de la saluer, Esther me tendit une poignée de Carambar goût cola, ses préférés. Je m'installai près d'elle et les mâchai en silence, dans la discrète lumière de cet après-midi de novembre. Sa morosité sembla doucement s'atténuer à mon contact, certes pas au point de lui faire atteindre l'allégresse, mais suffisamment pour lui donner envie de partager avec moi ses péripéties du jour ; elle était fière de sa répartie, mais énervée aussi, et ces deux sentiments contradictoires, loin de s'annuler, se cumulaient et la conduisaient à me parler, vite, la bouche pleine :

— J'étais ce matin chez Joe Lapoutre pour un casting, alors oui, c'est vrai, les producteurs porno n'organisent habituellement pas de vrai casting, je le sais mais Joe a insisté, tellement insisté que je me suis déplacée dans son bureau. Et tu sais quoi ? Ce porc m'a tendu un guet-apens, il m'a demandé de le sucer !

— Quoi ? Et tu l'as fait ?

— Bien sûr que non ! Je suis d'abord restée immobile, bête, sans rien dire. Alors il a répété, parce qu'il a dû croire que j'avais mal compris, et je lui ai répondu Non, je ne te sucerai pas, mais je peux t'enfoncer mon poing dans le cul. Il était déçu, choqué, peut-être les deux, alors je lui ai fait un sourire vicieux et je lui ai dit Allez, je peux même mettre les deux mains si tu veux ! Lapoutre m'a chassée de son bureau en me disant que j'étais trop moche pour tourner dans ses films. Moi je m'en fous, il peut me trouver moche. Mais alors pourquoi est-ce qu'il a prétendu vouloir me faire passer ce casting ? J'en ai parlé à Djibril tout à l'heure, il m'a dit que Joe organisait souvent des faux castings, il a ajouté que tout le monde connaissait ses pratiques dans le milieu, et tu vois, ce que je ne comprends pas, c'est que tout le monde le déplore mais que chacun le laisse faire.

— Et personne n'a pris la peine de nous mettre en garde ! Comment tu te sens ?

Esther ne me répondit pas. Elle se leva et déploya face à moi son corps fin enroulé dans un épais manteau, dont la blancheur contrastait avec le brun de sa peau. Elle glissa jusqu'à la poubelle publique pour y jeter les emballages des bonbons.

Je la suivis. En chemin, nous partagions nos anecdotes, échangions à propos de toutes les fois où, dans le milieu pornographique, nous nous étions retrouvées face à un homme qui se moquait de notre consentement. Quand je lui parlai de mon tournage avec Tommy, qui avait uriné sur Manon, et de Francesco qui avait tout filmé lorsque j'avais vomi, Esther souffla en levant les yeux au ciel : Tommy va finir par être blacklisté, il ne fournit jamais ses tests VIH, et comme il tourne beaucoup sans capote, à Budapest, dans la *porn valley*, on le soupçonne d'être à l'origine de l'épidémie de syphilis de l'an dernier.

Je m'affolai, je m'agitai, est-ce qu'il m'avait contaminée ? Esther, qui remarqua mon angoisse, me rassura : Ça va, t'inquiète pas, l'épidémie est passée. Mais il est scandaleux que Francis le fasse encore tourner.

Je lui répondis que dans le milieu, j'avais peu d'expérience, tout juste deux mois mais que déjà, il m'arrivait de discerner d'autres agissements, d'autres habitudes qui ne me convenaient pas : tous les hommes étaient vieux alors que toutes les femmes étaient jeunes ; beaucoup d'hommes étaient laids alors que toutes les femmes correspondaient aux standards de beauté ; les hommes dominaient, dirigeaient, décidaient, ou bien alors ils pissaient, et les femmes ouvraient la bouche et s'exécutaient. J'ignore encore aujourd'hui si j'aurais pu identifier cela par moi-même, à cette époque-là, si je n'avais pas croisé Esther, si nous n'avions pas préalablement fait connaissance sur le toit, à l'écart des autres.

Elle acquiesça, s'assit sur la pelouse ; je m'installai près d'elle, les jambes croisées. Esther sortit son téléphone de sa poche, pianota sur l'écran et me le tendit pour que je lise un message adressé par un spectateur sur Facebook :

Tu n'es vraiment qu'une pute.

Bonne à rien d'autre qu'à te faire sauter.

Esther rangea son téléphone et posa sur moi ses grands yeux noirs, un regard immense qui m'émut et me transperça de toutes parts. L'air grave, elle me dit : Des messages comme ça, j'en reçois tous les jours.

Pendant un moment bref, les yeux d'Esther devinrent des yeux d'enfant ; elle avait vingt ans, mais elle m'en parut treize. Je comprenais enfin que derrière tous ses propos assurés, tous ses gestes contrôlés, derrière ce flux de paroles maîtrisé se cachait une âme juvénile, une fillette qui avait naïvement cru qu'elle deviendrait plus forte en exhibant son sexe à l'écran, en communiquant sur Internet avec ses fans, régulièrement.

Elle ajouta Les actrices sont les seules à subir ces intimidations ; personne n'envoie des messages de ce type aux acteurs. Nous, on se fait insulter ou menacer, on se fait frapper ou pisser dessus devant la caméra de Francesco, ou bien on doit accepter de sucer Joe Lapoutre dans son bureau. Un jour ça va péter puisque ces hommes sont des animaux, que les enquêtes pour viol n'aboutissent pas, qu'il y a toujours des plaintes et des juges qui ne condamnent pas, et que sans un sursaut, le monde ne changera pas.

Ce plaidoyer, dont les formules imagées me frappèrent en plein cœur, me bouleversa tant que mon rythme cardiaque accéléra. Je dis à Esther que j'étais absolument d'accord, et que j'étais prête à m'engager avec elle. Mais je n'osai pas lui demander ce que l'on ne demande qu'aux femmes, comme si c'était un problème de femmes ; je ne lui demandai pas si elle avait subi des violences sexuelles préalablement à son entrée dans la prostitution et dans la pornographie. Je ne posais jamais ces questions-là, à moi y compris ; je croyais me tenir en dehors de ça. J'étais dans l'erreur, car le silence conduit à la normalisation, il est en réalité une violence, qui maintient en place un système d'oppression.

Esther déplia ses jambes et les tendit face à elle dans un mouvement lent. Elle gratta la terre avec ses ongles, arracha une poignée d'herbe, la jeta quelques centimètres plus loin. Elle me dit :

— Qu'est-ce que tu fais dans ce milieu ? Tu vaux tellement mieux.

— Et toi, lui demandais-je. Tu vas arrêter ?

— Je ne sais pas. Peut-être dans six mois.

— Pareil pour moi.

Je sais aujourd'hui que l'on ne choisit pas ces choses-là, que l'on n'arrête pas les tournages en claquant des doigts, car ils vous aspirent, vous coupent de votre entourage et vous débarrassent de toute capacité de discernement. Mais au moment où Esther prononça cette phrase, j'avais la certitude d'un projet commun dans un avenir peut-être pas radieux mais en tout cas plus lucide, plus conscient. Ce qui naissait entre nous ce jour-là était plus grand que ma peur, plus puissant que mon ressentiment.

Quelques jours plus tard, toujours dans le square, je demandai à Esther pourquoi elle restait six mois supplémentaires dans l'industrie pornographique, alors qu'à l'évidence, elle la méprisait. La ville retint son souffle comme si chacun de ses mouvements, en premier lieu desquels la circulation automobile, était en suspens.

Esther resta quelques secondes impassible, le regard vague, fixé loin derrière moi. J'insistai :

— Allez, tu veux pas me le dire ? Tu n'as pas de rêve ?

— Si. Je réfléchis.

— Moi par exemple, je terminerai mes études, pour avoir un bon diplôme et un métier utile : avocate, juge d'instruction, ou bien commissaire. De préférence avant vingt-cinq ans, pour gagner ma vie rapidement.

— C'est un projet professionnel, ça. Pas un rêve.

Sa réponse, ou peut-être le calme avec lequel elle me contredit, me désarma. Esther avait raison. Le rêve d'une vie ne pouvait pas se réduire à une profession. Je me tâtais alors, quelques minutes d'hésitation, puis je lui parlai du Panthéon et de l'impression folle qu'il m'avait faite la première fois que j'étais passée devant, en me rendant à la faculté. L'envie de faire de grandes choses, de servir une cause, de mériter d'y être enterrée. Esther me sourit; son air amusé la fit ressembler à un chat, avec de grands yeux étirés. Elle me demanda si j'avais choisi quelle cause j'entendais défendre, et quand je lui dis que non, elle me conseilla de puiser au fond de moi.

Au fond de moi il y avait un tremblement de terre, la voix de la putosphère, le vibrant appel de Butchette à rendre hommage à Elsa. Et tandis que je commençai à formuler mes pensées, le gardien du square nous ordonna de sortir, parce que la nuit tombait et qu'il devait fermer.

Dans la ruelle pavée, éclairée par les lumières jaunes des réverbères, Esther s'arrêta de marcher, d'un seul coup, et déclara: On se donne six mois pour amasser de l'argent, pour transformer le porno. Après, on créera notre société de production ou on écrira un livre à quatre mains pour raconter tout ça, tout ce que l'on voit et que l'on ne décrit pas. Ce milieu, je te jure qu'on le changera. Puis je me paierai les cours Florent pour devenir une véritable actrice, et tu continueras ton droit, j'aurai besoin de toi. Je mettrai ma notoriété au service de notre livre, et tu te présenteras à des élections pour modifier la loi.

Qu'Esther m'imagine un jour devenir députée m'émut profondément. Elle était la seule à voir en moi autre chose qu'une pute ou qu'une enfant. Je serrai ses mains dans les miennes et tout en la regardant dans les yeux, je lui répondis: Je suis d'accord, on le fera.

36

Je m'accrochai à cette promesse d'Esther et plus rien d'autre ne compta. Les cours, la fac et mon histoire ; tout cela me dépassait. J'avais été ma propre ennemie pendant si longtemps que ce cap des six mois devint mon moteur : le monde changerait et ce serait grâce à nous. Ce projet m'angoissa autant qu'il m'exalta.

C'était d'autant plus vrai qu'à la fac, l'on parlait toujours de moi. Je savais que l'on me reconnaissait ; depuis l'irruption du gamin au selfie des curieux me dévisageaient, des discussions s'interrompaient. Une réputation sulfureuse me précédait et elle se répandait comme une traînée de poudre. J'appris aussi que des gens riaient d'Agathe, parce que j'étais sortie avec son frère. Je ne voyais pas en quoi cette situation prêtait à rire (c'était plutôt moi qui aurais dû avoir honte de lui), mais Agathe la vécut comme une humiliation, elle m'en voulut terriblement et me coinça dans les toilettes, pour exiger que je formule un démenti public.

Tout en me lavant les mains, sans la regarder, je lui répondis d'aller se faire foutre ; je n'avais de compte à rendre à personne.

Ma nonchalance la fit sortir de ses gonds. Agathe hurla Mais tu crois quoi ? Victor s'en fout de toi ! Il a conservé les photos de toutes ses ex dans son fil d'actualité, mais il n'y en a plus aucune de toi !

En me faisant savoir que son frère était passé à autre chose, elle s'imaginait sans doute me blesser. Son mépris n'eut pas l'effet escompté. Non, la seule chose qui me brûlait le cœur, c'était d'être considérée comme une pestiférée.

Je levai la tête pour regarder Agathe, sans rien dire. Je la trouvai minable. Au même moment, un groupe de filles entra dans les toilettes et leur présence nous sépara.

Quelques jours plus tard, Andrea tenta de renouer le contact. Je déjeunais à la cafétéria, seule parmi la foule, dans le bruit. Andrea avança d'un pas hésitant et je la vis, un plateau dans les bras, feindre de chercher quelqu'un du regard. Elle était là, à quelques mètres de moi, elle me dévisagea avant d'approcher et de me demander Est-ce que je peux m'asseoir ?

Je fus surprise ; personne depuis Agathe – en cachette et pour m'engueuler – ne s'était plus aventuré à mes côtés. Je hochai la tête, sans un mot.

Andrea s'installa et bougea ses mains, le dos courbé. Elle se redressa.

— Ça va ?

— Ça va.

Elle me sourit.

Je lui souris aussi.

Je me mis à manger à toute allure, engloutis mon cordon bleu pour pouvoir m'échapper du réfectoire le plus vite possible.

Silence de mort. Regards gênés. Andrea picorait. Je remarquai ses ongles propres, bien limés.

Elle me dit :

— C'est du gâchis, Lila, comment on en est arrivées là ?

J'aurais voulu répondre à Andrea mais les mots s'embrouillèrent dans ma tête, se perdirent dans ma gorge et ne sortirent pas.

— Lila, tu sais que nos parents se croisent encore, parfois ? Tu devrais parler un peu à ta mère. La solitude va la tuer.

Avec cette phrase, c'est moi qu'elle allait tuer. Andrea se tut. Attendit sûrement une réponse qui ne me vint pas. Alors pour meubler, Andrea s'excusa :

— Je voulais aussi te dire que… que je m'en veux. De t'avoir tirée vers le bas toutes ces années, de t'avoir incitée à mal te comporter. Et surtout de n'avoir pas su t'aider. Quand je t'ai vue à la fac l'an dernier, j'avais honte de moi, c'est la seule raison pour laquelle je ne voulais pas te parler.

Andrea.

J'avais gravé nos deux noms sur le tronc d'un arbre près du lac et nous avions mélangé nos longs cheveux bruns et blonds dans la cour de récré du collège, pour les tresser ensemble, en signe d'amitié. J'aurais pu faire comme si de rien n'était, affirmer que ces années d'absence n'avaient rien changé à mon attachement, mais je ne parvenais pas à poser des mots sur le labyrinthe que j'habitais.

— Je suis en deuxième année, Lila, je fais du droit pénal.

— Et ça te plaît ? Ça doit être génial !

— J'ai appris des choses et je m'inquiète pour toi.

Cette phrase me glaça le sang. Je répondis à Andrea : Mêle-toi de tes affaires, ne t'occupe pas de moi.

Mais elle semblait avoir préparé son discours et ne me laissa pas l'interrompre. Elle évoqua la pornographie, puisque certaines de mes photos tournaient à la fac, elle avait appris que. Elle avait fait le lien avec.

Différentes angoisses s'affrontèrent en moi, parce que la situation ne concernait plus seulement Andrea. Si elle savait, alors ma mère pourrait aussi l'apprendre – ou pire, recevoir les photos en question. C'était bien ce qu'avait fait le client harceleur de Candice : contacter ses parents. J'imaginais ma mère mourir de chagrin en apprenant d'Arnolphe, ou de n'importe qui d'autre, que sa fille était une pute. Puis je me demandai quelles étaient les photographies qui circulaient, je me demandai si Andrea les avait vues, je me demandai comment elles avaient pu être si facilement accessibles alors qu'elles n'étaient destinées qu'à un site payant. Décidemment, l'on m'utilisait toujours sans me dédommager convenablement.

Andrea ajouta qu'elle aurait aimé passer davantage de temps avec moi, mais qu'elle devait se rendre en TD. Avant de partir, elle sortit de son sac un ouvrage qu'elle me conseilla. Cet essai lui avait fait penser à moi.

Le livre noir des violences sexuelles, de Muriel Salmona. Je lus la quatrième de couverture ; elle me déplut.

— C'est comme ça que tu me vois ? Comme une victime qui ne peut pas faire de choix ?

— Absolument pas.

— Alors tu veux quoi ?

— Je crois qu'on ne s'est pas retrouvées à Paris par hasard. C'est en quelque sorte le destin.

— T'es complètement tarée !

Ces mots sortirent de ma bouche, le monde autour de nous cessa de tourner. Andrea rit nerveusement :

— Pour moi tout est clair, Lila. C'est normal que tu refuses de l'entendre, mais sache que je suis là.

Je baissai la tête. Elle ne me comprenait pas. Comment aurait-elle pu ? Moi-même je ne discernais pas les motivations sous-jacentes à mes choix. J'étais incapable de lui expliquer que c'était aussi une question d'argent ; elle avait toujours été plus pauvre que moi.

— Pardon. Je ne voulais pas te traiter de tarée.

Andrea termina son yaourt et me dit Je dois y aller.

Je l'avais blessée et cela me fit honte. En vérité, je voyais bien une vague arriver – je ne savais simplement ni ce qui la composait ni comment l'affronter.

Je ramassai le livre d'Andrea que je jetai dans mon sac et me levai en tremblant. Le plateau me tomba des mains ; je laissai tout en plan. Dévalai les escaliers. Sortis du restaurant du CROUS en courant. Dans le métro, je vomis.

J'eus l'impression d'avoir gâché ma vie, d'avoir sciemment éloigné de moi toutes les personnes qui m'aimaient. Il était trop tard, désormais. J'ignorais comment m'en sortir seule – à vrai dire, je ne me posais même pas la question – et je maintins mon engagement : six mois. Esther et moi.

37

Le soir en entrant dans ma studette mal éclairée, j'ôtai mon manteau que je plaçai sur le dossier d'une chaise, je posai mon sac par terre puis je retirai un à un mes vêtements, je les pliai soigneusement avant de les ranger dans mon armoire ; toutes les personnes qui demeurent en chambre de bonne connaissent cette contrainte due au manque d'espace et à l'absence de machine à laver, cette contrainte qui me conduisait à réutiliser plusieurs fois les vêtements usagés et à ne me rendre au lavomatique qu'en cas de réelle nécessité. Je me demande parfois si j'étais la seule à me priver d'hygiène pour économiser du temps, de l'argent. Mais à l'époque, le respect de moi-même, la propreté, la santé : je m'en foutais.

Quand je m'installai dans mon lit, dont les draps n'avaient jamais été lavés, tournait en boucle dans ma tête la phrase prononcée par Andrea au déjeuner : Tu devrais parler à ta mère, la solitude va la tuer. La pitié me ferma les yeux et un instant j'oubliai ma rancune à son encontre, la folie maternelle qui m'avait tant fait honte, la négligence, toutes ces choses qui m'avaient poussée à m'éloigner. Elles disparurent d'un coup et la nostalgie me frappa : elle me manquait. Ou peut-être était-ce l'idée d'une mère qui me manquait. L'envie d'avoir une famille. De me fondre dans un collectif. Mécaniquement ma main attrapa mon téléphone et recherCha son nom pour l'appeler.

Elle décrocha.

Une pluie de reproches s'abattit sur moi ; à quoi d'autre aurais-je pu m'attendre ?

Elle me dit Ça y est ? Tu daignes appeler ta vieille mère ? Je répondis Comment tu vas ? J'ai rêvé de toi la nuit dernière. C'était évidemment faux, ma mère ne hantait pas mes nuits, je ne pensais pas à elle et il ne me serait jamais venu à l'esprit de l'appeler si Andrea ne m'avait pas incitée à le faire. Mais ce qu'il me restait de bienséance m'empêcha de formuler cette vérité.

— Tu ne m'as même pas écrit pour l'Aïd.

— C'était quand ?

— Il y a un mois !

Sa voix tremblait comme si je venais de la gifler. Ne pas connaître la date de fin du Ramadan était le pire des outrages à commettre. Mon désintérêt pour les traditions familiales l'indignait.

— Je suis désolée. Dans ma vie à Paris, tout n'est pas aussi simple que tu le crois.

— Mais la vie n'est facile pour personne, *fissa bilah* ! Moi aussi j'ai des problèmes. Tout le monde en a, ajouta-t-elle. Tout le monde en a.

Je pensais qu'elle faisait allusion à notre famille, à mon oncle Ahmed ou bien à *henna*, qui était restée à Rabat. Je pensais qu'elle me parlerait du géniteur qui me faisait office de père, de ce *faranssaoui* dont la seule évocation la mettait en colère, ou encore de la difficulté à ne pas péter un plomb quand on est mère, précaire et célibataire.

Elle fondit en larmes ; j'en fus très émue. Nous nous étions, toutes ces années, enfermées dans une incompréhension mutuelle à laquelle il était temps de mettre fin.

Je lui demandai quels étaient ses problèmes, auxquels j'étais certaine de pouvoir offrir, à défaut de solution, au moins une oreille attentive.

Alors, pour la première fois depuis longtemps, ma mère me parla. Elle s'ouvrit à moi et sa voix s'envola :

— C'est la cité, elle va être détruite prochainement, à cause du Plan Banlieue du gouvernement.

— Mais c'est une bonne nouvelle maman, ils sont insalubres les bâtiments !

— Tu te rends compte ! Ils veulent me déloger, moi, à l'âge que j'ai, me faire habiter dans un autre quartier !

— C'est l'occasion, maman : cette cité, on a toujours rêvé de la quitter !

— *Wallah*, je quitterai pas mon appartement. Je leur dirai que je vis avec toi, ma fille de presque vingt ans, qu'on n'a nulle part où aller, que s'ils veulent démolir l'immeuble ils devront d'abord me tuer.

— Mais je ne vis plus avec toi, maman.

— Tu es de leur côté. Évidemment.

J'avais cru que la distance m'aiderait à supporter ma mère, mais elle ne me protégeait pas de ses excès. Ses explosions, ses crises de rage la débordaient totalement, elle en était d'ailleurs la première victime ; *elle avait un problème*. Ses troubles de l'humeur seraient-ils apparus si elle avait mené une existence normale, si elle n'avait pas manqué de tout, d'argent, de temps, de douceur, d'attention ?

Comme moi.

Oh non. À trop penser à elle, à faire preuve à son égard d'une trop grande empathie, je craignis de finir par lui ressembler. De faire comme elle, de tout cramer. D'autant que ses problèmes ne pouvaient me faire oublier les miens : mes photographies pornographiques circulaient à la fac, jusque dans la promotion d'Andrea. Je risquais de perdre tout ce qu'il me restait – mon avenir et ma dignité. Debout face au miroir, après avoir raccroché, je détaillai les traits de mon visage. Un nez pointu, des sourcils touffus, une mâchoire carrée, des cils noirs, bien allongés ; j'étais beaucoup plus pâle mais je lui ressemblais.

Réaliser cela fit naître en moi une crainte, celle d'être aussi malheureuse qu'elle. Celle de foirer ma vie avec une obstination qui confèrerait à la connerie. Moi qui m'étais toujours montrée hermétique à sa violence, à sa folie, j'eus vraiment peur que ma mère déteigne sur moi.

Le soir, juste avant d'éteindre la lumière, je demeurai immobile quelques minutes, debout, la main sur l'interrupteur, je fermai les yeux et je murmurai pour me persuader Tu es partie par instinct de survie, parce que tu étouffais. La destruction de la cité qui m'avait vue naître et grandir, la disparition de ces grands ensembles excentrés, tout cela me poussait à aller de l'avant, sans me retourner.

38

L'ESPOIR. Il n'engage à rien mais il maintient en vie, même si ça n'est qu'un sursis. Il rend possible la cohabitation avec nos ennemis, pas facile ou supportable, non, mais au moins réalisable. Alors voilà, on vit dans l'espoir de.

Il arrivait qu'Esther n'anticipe rien. Qu'elle prenne ses décisions sur l'instant, en fonction de ses envies. Un soir d'hiver, nous marchions ensemble dans le quartier de République, où se regroupaient des militants politiques qui engageaient la conversation avec les passants. Je vis de loin sa photo sur un kakémono géant, surmontée de son nom écrit en lettres capitales: Octave Germanopratin. Le symbole du mâle, confiant et dominant. Je m'arrêtai devant, regardai longuement, songeai à revenir à la tombée de la nuit pour lui dessiner des oreilles d'âne. Je claquais des dents et soufflais sur mes mains pour les réchauffer. Esther sauta à pieds joints par-dessus une flaque d'eau, me tira par le bras et me dit On va chez Francis. J'acquiesçais et courus derrière elle.

Pourquoi chez Francis ? lui demandai-je en chemin. Elle ne me répondit pas. Esther nourrissait en secret l'idée de se fondre parmi nos ennemis, de les infiltrer pour les connaître parfaitement, les observer, encore six mois durant. Pour essayer de les changer, ou pour gagner leur confiance et retourner contre eux le piège dans lequel ils entendaient nous faire tomber.

Nous étions quatre dans le salon – Francis, Djibril, Esther et moi, avachis sur le canapé d'angle où, je suppose, Rachel Fox, Mona Lycra et d'autres stars avaient posé leurs fesses avant nous. Djibril ramassa un paquet de filtres qui traînait sur la table, il roula une cigarette avec attention, et l'offrit à Esther qui la refusa en la qualifiant de dauphin parce qu'elle était mal roulée. Elle étira ses jambes, ses longues jambes serrées dans un jean, posa ses pieds sur la table basse et demanda à Francis :

— Tu as choppé des nouvelles dernièrement ?

— Non.

— Ne me mens pas.

Francis soupira.

— Eh bien, je t'ai déjà parlé de Léna ? C'est une petite qui m'a contacté pour commencer des tournages, une petite complètement Forguette-compatible, qui envoie balader les normes sociales, qui contrevient à l'ordre moral, qui a le courage de se montrer, de baiser, d'avaler, bref, je la croyais mature pour son âge.

— Quel âge ?

— Je sais plus, dix-huit, dix-neuf. Elle s'est marrée avec nous sur son premier tournage, j'arrive plus à me la sortir de la tête, j'ai jamais vécu ça, jamais depuis au moins un an. Cette semaine, j'ai envoyé à Léna un SMS, je lui ai écrit qu'elle avait de jolies fesses, qu'on pouvait baiser, que j'étais prêt à la payer. Elle m'a répondu trois jours plus tard que c'était une façon minable de l'aborder et qu'elle ne voulait plus tourner pour moi.

Francis marqua dix secondes de pause pour se servir un deuxième verre de vin.

— Tu vois un peu la vicieuse, elle m'envoie des signaux positifs pour finalement me rejeter. Je suis sûr qu'elle est pleine de principes rétrogrades, comme ne pas coucher le premier soir, ce genre de trucs à la con.

— Il ne t'a pas traversé l'esprit que tu ne lui plaisais pas ? réagit Esther.

— Lolita, répondit Djibril. Dans la vie, c'est mieux ne pas mentir, mais on ne peut pas toujours dire la vérité.

Je ne participais pas à cette conversation. Je demeurais observatrice. Face à moi se trouvait Francis, accablé, prostré dans le canapé, qui but cul sec son deuxième verre de vin. Périclitée sa dignité, disparu son honneur. Il avait le cœur lourd et plein de fiel contre Léna, qui, estimait-il, l'avait humilié – ma nuque se raidit quand il prononça ce mot : humilié. Je n'en laissai rien paraître ; la sidération me confisqua les sens, la parole, le mouvement. À aucun moment Francis ne remit en cause son propre comportement. Il était si habitué à s'entourer de gamines naïves et paumées, disponibles, faciles à manipuler, qu'elles constituaient la norme pour lui. Il ne se demandait pas ce qu'elles foutaient là, devant sa caméra, ou si elles n'avaient rien de mieux à faire que de passer du temps avec lui. Francis, comme les autres bêtes, ne pensait qu'à sa petite personne, sa toute petite personne dénuée d'empathie.

D'une voix morne et triste, il se plaignit des filles qui ruinaient son activité : les meilleures partaient vite car le secteur n'était plus attractif, c'était mauvais pour ses finances et il devrait, pour s'en sortir, recruter des filles de l'Est – les moins chères des filles.

Filles. Par ce mot il désignait à la fois les enfants de genre féminin, mais aussi les putes, les actrices porno et plus généralement l'ensemble des femmes. Les personnes de genre masculin avaient droit à un vocable précis, circonstancié – fils, homme, client, acteur. Mais nous, en toutes circonstances, nous n'étions que des filles.

Francis était obsédé par l'argent, par la peur d'en perdre. Il m'apprit que le CNC, le Centre national de la cinématographie, avait le pouvoir de *ixer* un film, ou de simplement l'interdire aux moins de dix-huit ans. Depuis 1976, le classement X impliquait une TVA à 20 %, alors que tous les autres films bénéficiaient d'une TVA réduite à 5,5 %.

— Et tous ces connards au gouvernement, se plaignit Francis en contemplant son verre vide, ils se font de l'argent sur notre cul !

Je ne relevai pas l'absurdité de sa précision. Je ne relevai pas sa provocation. Mais je me dis que lui aussi, se faisait de l'argent sur notre cul, à nous, les filles.

Djibril à son tour intervint pour prendre la défense des honnêtes producteurs de porno ; il déplora la concurrence déloyale des amateurs et des hubs sur Internet, Ils maquillent même pas les filles, tu te rends compte de l'image qu'ils donnent ? Il dit que le secteur ne s'était jamais aussi mal porté, qu'il était voué à la disparition depuis l'apparition de contenus gratuits en ligne. Francis acquiesça en silence. Djibril ajouta qu'il se démenait comme il le pouvait, qu'il gagnait un peu d'argent grâce à Rachel dont il était l'agent à l'étranger (Oui, l'apporteur d'affaires si tu préfères), qu'elle était d'ailleurs actuellement à Budapest et qu'elle faisait face à la concurrence des filles de l'Est. Que ce ne serait pas une mince affaire, mais un tournant décisif dans sa carrière : il espérait qu'elle se montrerait à la hauteur.

Esther grimaça en le regardant. Je sentis qu'elle hésitait à intervenir. Mais à mesure que Djibril avançait dans son discours, elle gagnait en assurance et, comme si elle avait pu lire dans mes pensées, elle dit : Ça suffit. Stop. Arrêtez de vous plaindre et de tout ramener à vous, vous êtes vraiment chiants.

Sa réplique pleine d'agressivité scotcha tout le monde et resta en suspension dans l'air, plusieurs secondes après la fin de sa phrase. Le silence devint si pesant que je me sentis obligée d'intervenir ; je hochai la tête ostensiblement en regardant Esther dans les yeux, pour la soutenir.

Quelqu'un frappa à la porte ; personne ne réagit. Au deuxième coup, Francis demanda Oui ? et la voix de Manon répondit C'est Rachel !

Djibril, qui sauta du canapé comme propulsé par un ressort, partit lui ouvrir. Il était furieux, Tu peux m'expliquer ce que tu fous là ? mais j'avais l'intuition qu'il comprenait parfaitement.

Manon fondit en larmes dans ses bras.

— Non, dit-il en la repoussant. Tu as planté la prod ?

Il se passa la main sur le visage.

— Rachel. Si tu veux vivre de ce métier, tu dois accepter de partouzer – y compris avec des vieux. Tu le sais, on en a déjà parlé.

S'efforçant de contenir le tremblement de sa voix, reniflant à grand bruit, Manon répondit :

— Phil, tu as vu à quoi ils ressemblent ? Je te jure que je ne peux pas.

— Je comprends. Tu es moins forte que ce que je pensais.

Phil avait le visage fermé.

— C'est pas ça, mais je.

— Je regrette simplement que tu ne me l'aies pas dit avant, parce que je joue ma crédibilité. J'ai assuré au prod que tu acceptais tout, que tu étais libérée. Il dira que je lui envoie des filles qui n'aiment pas ça, des frigides ou des coincées. Comment est-ce que je vais rattraper le coup ?

Je regardai Manon qui ressemblait à une adolescente, une ado en manque d'amour et qui souhaitait se montrer à la hauteur d'attentes qui la dépassaient. Elle souriait en dépit de l'humiliation, elle cherchait en permanence leur attention. J'éprouvai de la colère. Une colère dirigée contre eux. Manon fixait Djibril, qui était debout face à elle. Elle se tenait immobile. Bien droite. Je la trouvai digne. Elle avait vingt-deux ans, vingt-trois ans, et j'avais l'impression qu'elle sentait grandir en elle une force nouvelle. Qu'elle s'affirmait pour la première fois en tant que personne à part entière, qui refusait de sucer des vieux à Budapest.

Djibril dut sentir qu'elle lui échappait. Il lui enlaça la taille et dit Viens là ma belle, je t'en veux pas, je pensais t'aider. Il savait évidemment que c'était faux, il savait qu'encourager Manon à partouzer avec des personnes âgées lui permettait de gagner de l'argent, à lui, puisqu'il faisait office d'agent. Esther leva les yeux au ciel en signe d'exaspération, Francis regarda ses pieds et fit semblant de n'avoir rien entendu. Je me contentai de scruter Manon, pour lui faire comprendre mon soutien.

Manon retira la main de Djibril.

— Non, non c'est terminé. On va tout arrêter, Phil, tu ne changeras jamais.

Il refusa d'abord de croire que Manon pouvait prendre une telle décision. Il insista encore un peu ; elle n'abdiqua pas. En dépit des larmes qui lui obstruaient les yeux, son choix était ferme, irréversible. Les épaules de Djibril se voutèrent. Francis but cul sec son quatrième verre de vin et pensa que, pour les aider à se retrouver, le moment était opportun pour baiser, tous les cinq, et qu'il pourrait tous nous filmer sans nous rémunérer. La bouche en cœur, il s'approcha d'Esther et moi, mais Esther dégaina, N'y pense même pas, Francis. Vexé, il partit à l'autre extrémité de la pièce pour retoucher le contenu de sa dernière séance vidéo. Francis était fâché. Esther était concentrée.

Djibril se mit à pleurer. Manon était soulagée. C'était une scène surréaliste comme cet appartement en avait tant connu, mais dans un sens peu habituel, peu convenu : une scène digne d'un théâtre de boulevard, d'un vaudeville dans la vraie vie, mais avec une femme qui prenait enfin conscience de toute sa puissance.

À mon oreille, Esther glissait quelques phrases encourageantes.

(Le monde évoluera, je te jure qu'on y arrivera.)

Francis se tripotait la nouille en retouchant des vidéos.

Manon posa sa main sur l'épaule de Djibril
pour le réconforter.

Quelque chose changeait. En chacune de nous.

Mona Lycra se cambrait à quatre pattes sur l'écran géant.

Djibril tenta d'embrasser le cou de Manon, qui l'éconduit.

En quelques mois nous transformerions tout.

Mike Reeves était au garde-à-vous.

Djibril déboutonna son pantalon.

(Tu fais quoi là ?)

Ce qui se produisait ce soir sous nos yeux était fabuleux.

Mona Lycra suçait un gode géant.

Djibril s'excusa ; il avait cru que Manon accepterait
de le sucer.

(Mais t'es pas bien ?)

Nous devions en prendre exemple, écraser les pervers, les libidineux.

Mike Reeves releva les cuisses de Mona Lycra sur son ventre.

Djibril mit des piles dans l'Hitachi pour masturber Manon.

(Tu comprends quand je te parle ?)

Quand Esther affirmait qu'elle détestait les hommes,
ce n'était pas une hyperbole.

Gémissements de Mona Lycra.

Manon se leva et se dirigea vers la sortie.

Nous devions agir. Nous avions besoin d'un plan.

Hurlements de Mona Lycra.

Claquement de porte.

Pour changer le système, il importait de bien le connaître.

Extension anale de Mona Lycra.

Fleur, dit Francis, viens voir. On appelle ça le *gaping* anal. Un trou de balle en fleur.

Je regardai Francis et pour la première fois, il me parut pathétique. Ma nuque se détendit complètement.

39

Elle paradait à la télévision, dans des émissions grand public susceptibles de la faire repérer par des réalisateurs de cinéma traditionnel. La veille de son passage chez Ardisson, elle sollicita l'ensemble du milieu pour qu'on la soutienne sur les réseaux sociaux : elle s'apprêtait à parler de son parcours et surtout de son adolescence, trimballée entre foyers collectifs et familles d'accueil. Rachel Fox voulait que les gens connaissent son histoire et sachent d'où elle venait, qu'ils la félicitent d'avoir percé. Elle entendait prouver au monde que devenir actrice X était son choix, un choix respectable qui lui avait permis de prendre le contrôle de sa vie. Je n'avais rien à redire là-dessus ; chacune s'en sort comme elle le peut.

Quand elle annonça qu'elle arrêtait le porno pour se consacrer au *vrai* cinéma, certaines actrices jalouses lui cherchèrent des noises, sous le fallacieux prétexte qu'elle se mettait trop en avant à la télé. Elles balancèrent à son sujet des rumeurs selon lesquelles Rachel gagnait sa vie comme *escort* de luxe auprès de princes saoudiens. Ces rumeurs devinrent si persistantes que les producteurs de cinéma traditionnel lui tournèrent le dos, il en alla de même des producteurs de films porno, des incontournables comme Joe ou Francesco. Tout se déroula comme si le monde entier la poussait à retourner faire des *peep-shows* ou des massages avec finition au Club 88. Rachel n'eut de cesse de produire des démentis – avec une telle ardeur que certains la soupçonnaient d'être putophobe. Pour moi, là n'était pas la question. La véritable morale de cette histoire, ce que j'en ai finalement retenu, c'est que plus Rachel cherchait à s'extraire de son milieu, plus les autres lui rappelaient d'où elle venait.

Esther prit la défense de Rachel sur Twitter ; je lui emboîtai le pas. Mais en réalité, les messages apaisés ne prenaient pas. C'est un fait qui est depuis maintes fois documenté : les réseaux sociaux favorisent la propagation de fausses informations et de messages haineux.

En assistant impuissante à cela, je me surpris à craindre pour mon avenir. Et si rien ne se passait comme Esther et moi l'avions décidé, et si en dépit de notre force mutuelle, de notre volonté, nous nous retrouvions coincées ? C'était le plus probable, après tout, qu'à chaque nouvelle tentative tous nos projets échouent. Parce que nous nous étions jetées dans la gueule du loup, parce qu'il était trop tard, parce que les contours de notre histoire étaient déjà tracés par d'autres que nous.

Je demeurais dans mon lit et mes nuits, traversées de brèves insomnies, devinrent de plus en plus agitées. Je faisais des cauchemars récurrents. Je me revoyais à treize ans, installée sur la plage arrière d'une voiture ; un adulte, un trentenaire, me maintenait en place, c'était dégueulasse. Il empestait le tabac et la sueur. Le mélange des odeurs me soulevait le cœur, envahissait l'habitacle, imprégnait mes vêtements et s'incrustait dans mes cheveux. Combien de douches, combien de jours me faudrait-il pour m'en débarrasser ? Le type gesticulait ; je ne réagissais pas et laissais le temps s'écouler. Chaque fois que je rêvais de cette scène, je me réveillais en sursaut, je pleurais des torrents de larmes sur mon oreiller, mon rythme cardiaque s'accélérait, mes yeux et mes oreilles se couvraient d'un voile noir : j'étais incapable de voir, d'entendre les bruits qui m'entouraient. Parfois mon estomac grondait parce que j'avais oublié de dîner, mais je ne me levais pas ; je considérais la faim comme extérieure à moi. Parfois des crampes me serraient à la gorge comme si une main invisible essayait de m'étrangler.

Il faut aussi que je parle de cette douleur qui me pliait le corps en deux. De ces frissons qui n'étaient pas dus au froid de l'hiver et de cette brûlure dans le ventre qui n'était pas causée par le feu. Uriner me devint douloureux. Un véritable supplice. Je passais des nuits entières sur la cuvette des toilettes, tantôt accroupie, tantôt les jambes tendues, la tête levée au ciel, j'implorais l'être suprême.

Je ne sortais plus de chez moi. Les mictions étaient extrêmement rapprochées et de quelques gouttes à chaque fois, mélange d'urine, de lames de rasoir et de sang. Je ne me lavais pas. Je vivais dans cette odeur de poisson mort. J'accueillais la foudre divine comme une juste sanction à mes égarements. Je m'allongeais. Je m'excusais. Et j'attendais.

Mais une nuit, la fièvre alla trop loin. Elle s'empara de mon corps, elle le froissa, elle le secoua, elle le fit trembler. Je n'eus plus la force de me lever, de me déplacer jusqu'aux W.-C.

Je tendis le bras pour attraper mon téléphone et dans un gémissement j'appelai les urgences médicales. Un médecin de garde se déplaça à mon domicile, ce n'était rien, rien d'autre qu'une cystite. Il me prescrivit des antibiotiques.

La cystite réapparut régulièrement.

L'on me prescrivit à chaque fois de nouveaux traitements.

Jusqu'à ce qu'un jour un médecin me dise : Vous en avez vraiment souvent. Cela ressemble à un trouble psychosomatique.

40

Je ne faisais plus rien de mes journées. Ma vie se résumait à une succession d'échecs et de mauvais choix. *Escherichia coli* colonisa mes reins et l'habituelle cystite évolua en pyélonéphrite. Les antibiotiques m'assommèrent. Pour la deuxième année consécutive, j'abandonnais les cours. Je ne me connectais plus sur la putosphère, je ne répondais pas aux appels d'Esther. J'étais sans nouvelle d'Andrea. Cet isolement ne m'incommodait pas.

Peu à peu, le temps se dilata. Il devint un espace parallèle au monde, à mi-chemin entre le ciel et la terre, dont les contours cotonneux m'enveloppaient. Je rêvai de tout recommencer, je sentis la chaleur du soleil d'été, je vis sa lumière blanche traverser la fenêtre entrouverte. Dehors, il y avait des prairies et des troupeaux dans les clôtures, il y avait des enfants qui couraient dans les jardins, et j'entendis le bruit des vagues de l'océan s'échouer contre les rochers en diffusant de l'embrun. À cet endroit, je ne craignais rien. Je ne sentais plus la morsure du froid. La douleur n'existait pas. De toutes parts jaillissait du beau, du coloré, du lumineux, mais il y avait une tache au milieu.

La tache, c'était moi.

Je restais couchée dans mes draps sales. Sur le sol, des cadavres de canettes, de boîtes de conserve, d'emballages de fromage. Le monde n'existait plus. Les rituels, les repas non plus. Je ne vivais que pour moi, seule, en silence, je dormais peu, je m'évadais dans mes rêves et je lisais énormément.

Je retrouvai dans mon sac l'ouvrage que m'avait donné Andrea; *Le livre noir des violences sexuelles* de Muriel Salmona.

Je l'ouvris, machinalement.

Je le parcourus, sans intérêt.

Pourtant, Salmona lisait à l'intérieur de moi, elle prélevait des morceaux de mon corps pour les traduire en mots, elle décrivait de façon détaillée ce que j'avais vécu et donnait une cohérence aux anecdotes qui constituaient mon existence.

Les psychiatres nomment disjonction la situation dans laquelle le cerveau, survolté d'hormones de stress à l'occasion d'une violence subie, fait sauter le circuit émotionnel par instinct de survie. La sécrétion d'hormones de stress (adrénaline, cortisol), dont un excès pourrait être fatal pour la personne, prend brutalement fin en même temps que le risque vital. C'est la sidération; le cerveau produit en urgence des substances qui s'apparentent à des drogues dures (morphine, kétamine). La personne est alors embrouillée, facile à manipuler, et donc particulièrement vulnérable. Elle devient une cible de choix pour les prochains chasseurs à l'affût, d'autant plus qu'elle peut elle-même rechercher la disjonction à travers des conduites à risque (drogue, prostitution), susceptibles de la faire échapper à sa mémoire traumatique.

Cette anesthésie émotionnelle coupe la victime de ses émotions spontanées et l'empêche de réagir face à un risque donné. Elle peut supporter le pire, accepter des propositions anormales, des violences extrêmes qu'elle accueille parfois avec le sourire. Sa tolérance à la douleur s'en trouve considérablement augmentée. Elle néglige son corps, oublie parfois de se faire soigner.

Je lus cela et toutes les nuits du monde me tombèrent dessus. Des milliers d'abeilles bourdonnèrent à l'intérieur de mon crâne. J'aurais pu m'enfuir ou les chasser, faire comme toujours, tenter d'oublier, mais je jetai le livre contre un mur et je criai ; tout ça c'était des conneries. Psychologiser à outrance n'avait jamais aidé qui que ce soit. Puis je m'allongeai sur le dos, lentement. Je fermai les yeux.

Mon lit devint un gouffre.

Je m'y enfonçai.

Cela ressemble à une disparition – ou à une renaissance. Sans doute les deux.

J'ai compris depuis que nos choix, ou même les options qui se présentent à nous, ne sont que rarement le fruit du hasard ; ils découlent de notre histoire. Tout n'était pas clair mais j'en voulais aux hommes de m'avoir brisée, aux bêtes de m'avoir baisée, aux spectateurs de me regarder baiser, et à tous ceux qui, avec la plus grande indifférence, fermaient les yeux sans jamais me demander pourquoi. Pourquoi ? Moi je commençais à le comprendre, parce que les hommes que j'avais croisés avaient toujours attendu de moi disponibilité, sourire, jeunesse, minceur, main aux fesses suce-moi sodomie mais si je sais que t'aimes ça. Quand tu dis oui ça veut dire oui, quand tu dis rien ça veut dire oui aussi. Comment trouver sa place dans un monde qui nous apprend dès le plus jeune âge que l'on ne doit jamais se demander pourquoi mais simplement : exister pour. Exister par. Exister au travers du regard masculin. Comment devenir une femme en étant guidée par la mémoire traumatique ? J'avais beau examiner la question sous tous ses aspects, me répéter la phrase que prononçait ma mère pour dire qu'il fallait aller de l'avant et ne jamais regarder en arrière (*Elli fat mat*, Ce qui est passé est mort), je ne voyais aucune autre issue possible que : les éliminer de ma vie.

L'on tambourina à ma porte. J'ouvris grand les yeux et les posai sur le mur beige, tacheté d'aspérités. Esther s'inquiétait de mon silence, elle était venue me chercher. Je reconnus sa voix qui depuis les parties communes criait Lila ? Lila, putain, tu fais quoi ?

Je pris sur moi, me levai avec peine, lui ouvris. Elle entra et découvrit ma chambre sale, désordonnée, elle me sourit. Puis elle me demanda pourquoi je ne voulais plus lui parler – j'avais manqué une trentaine d'appels de sa part. Je lui dis que je me sentais mal.

Esther s'impatienta. Elle me rappela mon engagement, notre départ après six mois. Elle répéta qu'en attendant, nous avions besoin d'argent, et qu'il fallait bien le gagner d'une façon ou d'une autre. Elle me saisit par le bras et me secoua, elle me poussa vers la douche et ajouta : Reste pas là, on a un tournage, lave-toi, habille-toi et viens avec moi !

41

CETTE vie-là ne m'intéressait plus. J'envisageais autre chose. Pas de manière linéaire, mais par ellipses, en pointillé. Pourtant je m'étais engagée ; encore quatre mois. Une éternité. Le regard posé sur la fenêtre, j'observais les gouttes de pluie former des traînées translucides sur la vitre : une gouttelette éclaireuse se frayait un chemin, d'autres la suivaient, élargissaient la voie pour en faire une route dont j'examinais la topographie. J'étais déjà ailleurs, j'étais déjà partie. Quelqu'un s'agitait sur moi, pas sur ma personne mais sur mon corps, je le voyais de loin, je ne le sentais pas.

Tu as grossi Fleur, me dit Francesco.

Fin de mon envol, retour dans le studio.

Te mets plus à quatre pattes, non pas comme ça, ça ne va pas.

Le tournage. On y retourne, on courbe le dos.

Comme à chaque fois, il y avait un clap de mains pour synchroniser le son et l'image. Francesco approcha sa caméra, il fit un gros plan sur mon visage. Mike allait me culbuter, puis il me ferait mal au moment du *fist*, mais l'on s'arrangerait avec l'angle de vue pour faire croire que tout s'emboîtait. La douleur devait se lire dans mon regard, faire pleurer mes yeux et se contracter mes mâchoires, parce que c'était ce qui se vendait le mieux.

Les larmes s'écoulaient lentement le long de mes joues et je m'en fichais. J'avais l'anus en feu ; ça aussi je m'en fichais. Je n'étais plus à cela près et Mike, je le méprisais. C'était ma force. Mon droit. Le mépriser.

Cette scène était un trio avec Mike et Lolita. Heureusement, elle la partageait avec moi. Après un moment, j'éclatai en sanglots et reniflai à grand bruit. Esther s'en émut, elle demanda à Francis de cesser de filmer ; il n'en fit rien. À l'aide d'un mouchoir elle essuya mes larmes et posa ses yeux sur les miens ; j'enviais la justesse de son regard, la légèreté de ses mouvements, ses simulations qui paraissaient sincères. Me comparer, toujours, pour essayer de plaire. Quand Mike nous quitta pour prendre sa douche, je m'allongeai et Lolita fit de même, les caméras restèrent allumées et nous suivirent en travelling porté. Elle approcha son corps du mien et ma respiration accéléra. Ses doigts, au fond de mon ventre, m'obligèrent à me cambrer. Sa bouche frôla la mienne. Nos yeux étaient clos. J'avalai son souffle et son odeur de tabac froid. Une odeur que j'associai, pour la première fois, à une femme, mon amie ; je réalisai combien j'avais grandi.

J'étais entièrement là, dans l'instant.

Dans le moment présent.

Je me demandai pourquoi nous continuions cette scène de nous-mêmes, sans qu'aucun homme ne l'exige.

Gémis un peu, Fleur ! me dit Francesco, comme s'il m'avait trouvée trop vraie.

Après cette séquence, Francis saisit trois enveloppes qui étaient disposées sur un coin de table, trois enveloppes nominatives qu'il nous remit en faisant l'appel : Mike ! Fleur ! Lolita ! Nous connaissions bien ce rituel qui accompagnait la signature de nos contrats de cession de droits.

— Tu abuses, pesta Esther en découvrant le montant de son cachet, pour tout ce qu'on a fait aujourd'hui, tu ne nous paies que trois cents euros chacune ?

— De quoi tu te plains ? répondit Mike. J'ai gagné cent balles.

— Toi ta gueule. C'est pas pareil.

Francis se dirigea vers un petit meuble de bois dont il sortit une bouteille de Vodka. Il se servit un verre, nous en proposa (Tu ne devrais pas refuser, c'est de la Beluga), regarda ses pieds quelques secondes, puis il bégaya :

— Les filles… les filles vous me coûtez cher. Je fais le maximum pour vous offrir de bonnes conditions de travail, un plan de carrière, vous n'avez pas idée des sacrifices que vous me faites faire. Pour vous aider. À vous émanciper. Pour que vous n'ayez pas à subir, à tout accepter, à tourner pour d'autres producteurs dans des films de moindre qualité. Moi je vous mets en valeur, jamais je vous filmerai pas maquillées. Je suis un type bien, je fais de mon mieux, j'y gagne rien, ou si peu.

Il se tut subitement, adopta un air accablé, laissa en suspens le monologue qu'il prononçait à sa propre gloire, se pencha pour attraper une cigarette, un briquet.

— Ça suffit, lui dis-je.

Tous les regards se tournèrent vers moi.

— Quoi ?

— Tais-toi. Arrête de parler de toi. Il n'est pas question de toi ici. Tes problèmes d'argent, ton incapacité à gérer un budget, le fait que tu essaies sans arrêt de nous manipuler, ça me sort par les yeux. Tu m'as fait tourner une scène avec Tommy, un mec qui ne se fait même pas tester. Tu prétends nous sauver mais tu sais bien que c'est le contraire que tu fais. Alors tu sais quoi ? J'arrête tout. Ton contrat de merde, je ne le signerai pas. Et ne t'avise pas de diffuser cette vidéo ; je te rappelle que j'étudie le droit.

Esther se leva et se tint à côté de moi. Nous faisions face à Francesco et Mike. Nous faisions bloc.

— Mais qu'est-ce qui vous arrive ? Tu vas me dire que je t'ai forcée ? Me rendre responsable de tes problèmes, de tes difficultés ? Faire comme Rachel à qui j'ai tout donné, qui dit du mal de moi sur les plateaux télé ?

Mike utilisa les mots qui se trouvaient à sa portée, il intervint sans nous regarder, pour nous rappeler qu'il existait :

— Rha les bonnes femmes, des hystériques.

— Francis, tu prétends nous accorder de l'importance, mais tu t'en fous de nous. Lolita le sait, Rachel le sait, tout le monde le sait. Si tu en avais la possibilité, tu nous ferais tourner bénévolement. Si tu ne risquais rien tu nous baiserais toutes, systématiquement.

Je lui dis cela tout en déchirant mon contrat dont je répandis les morceaux aux quatre coins du studio. Esther souriait. Cette scène était théâtrale à souhait. Elle ramassa l'ensemble de nos vêtements et nous nous rhabillâmes, prestement. Elle ne dit rien mais ses yeux parlaient pour elle : elle croyait en moi. Je me nourrissais de ça. Et au moment de franchir la porte du studio, quand je criai Adieu à Francesco, alors que l'appréhension et la peur de l'inconnu rendirent mes mains moites, je me dis que c'était ce que l'on méritait. Ce changement.

La liberté.

Un avenir plus grand.

Nous dévalions l'escalier en courant. Au pied de l'immeuble, Esther cria en levant les bras au ciel : Adieu, grande famille des pornographes ! Adieu à vous, qui détestez les femmes dès lors qu'elles aspirent à la liberté !

Je lui dis Ça y est. On l'a fait. Quatre mois avant la date fixée ! Esther, c'est grâce à toi que j'ai eu le courage de l'affronter.

Elle me serra dans ses bras, puis elle ajouta : T'es trop forte, mais tu nous mets un peu dans la merde. Maintenant, on doit rapidement trouver un autre emploi pour gagner de l'argent.

III

42

Le jour se levait à peine sur l'esplanade des Olympiades, il teintait de mauve les fenêtres habituellement grises de la tour Pierre Mendès-France à Tolbiac. La neige fondue se transformait en une mélasse, en une boue dégueulasse qui souillait le bas de mon pantalon. Je pestais en entrant dans la fac.

M'y rendre de bon matin me permettrait de changer de vie, d'avancer. D'exister. J'étais parvenue à arrêter de me prostituer, à quitter le porno, tout était encore à portée de main. Ce serait difficile, bien sûr, et je ne réalisais pas à quel point l'on me réduirait, des années, aux quelques tournages dans lesquels j'avais officié sous pseudonyme. Je gardais des enfants chaque soir, je travaillais également dans un fastfood le week-end. Mais pour vivre à Paris, pour ne serait-ce que s'y loger, ces revenus étaient insuffisants. C'est pourquoi je m'apprêtais à rencontrer les services sociaux de l'université, dont les bureaux, je l'avais lu sur le site internet, se trouvaient au neuvième étage de cette annexe. Andrea m'y accompagnait. C'est elle qui avait renoué avec moi ; je lui avais ouvert les bras.

— Bonjour, vous avez pris rendez-vous ?

La femme portait un pull en cachemire vert ; elle leva la tête pour me poser cette question.

— Je… non. Je voudrais un renseignement.

C'est le mot que je prononçai : renseignement. Un euphémisme pour dire le besoin d'aide, d'écoute, d'encouragement. Une politesse pour cacher un cri, un SOS, une demande d'accompagnement. L'assistante sociale m'écouta avec attention, il se peut que je l'aie touchée, que mon histoire l'ait un peu peinée. Elle m'inscrit à la CAF pour que je perçoive les APL, puis elle me remit un dossier du CROUS, un formulaire de demande de bourse, une bourse appelée Aide annuelle d'urgence, réservée aux étudiants les plus précaires. Avant que je la quitte, elle me dit Une association pourrait peut-être vous aider, j'en connais une, elle est spécialisée, c'est le Mouvement du Nid, voici leurs coordonnées.

Je ne les ai jamais appelés.

Andrea me le reprocha longtemps. Elle considérait qu'il était impossible de s'en sortir seule, mais son avis m'importait peu, j'étais bien placée pour savoir de quoi j'étais capable ; je m'étais endurcie après ce que j'avais traversé. Je ne pouvais même pas partager ce constat avec Esther, qui avait vite oublié nos plans ; elle tomba amoureuse d'une Américaine et poursuivit ses études aux États-Unis, où elle vit sans doute encore, aujourd'hui. J'espère qu'elle va bien ; je le lui souhaite.

Le soir de cette visite, parfaitement éveillée, je revis des scènes de ma vie à rebours, d'abord le porno, Tommy qui urinait sur Rachel. Ensuite le vieux Patoche Culbuto et son odeur qui me soulevait le cœur, puis Arnolphe, Victor et leur désir d'emprise, les clients, les bêtes qui assouvissaient leurs pulsions. Je me souvins des coups, du viol infligé par Martinon, puis de ceux d'Arnolphe, de Mondial Moquette. Je me dis que l'on se relevait de tout. Je me vis installée dans le bus quand un homme y entrait ; mille places assises vides mais c'est à côté de moi qu'il venait. Je marchais la nuit en accélérant le pas ; il trouvait que c'était une bonne idée de marcher derrière moi. Et tous les vieux qui commentaient ma plastique, les hommes pas d'accord qui me traitaient d'hystérique, car c'est toujours au-dessus des femmes que plane le spectre de la folie, de l'irrationalité, cela permet de ne pas les écouter. Je revécus cent mains au cul dans la rue, je me remémorai les prédateurs en soirée, ceux-là même qui voulaient baiser, qui insistaient pour que je finisse par céder. Ces adultes qui avaient abusé, profité d'une faille, d'une vulnérabilité, sans oublier les publicités qui nous dictaient d'être jeune et belle, les films qui exigeaient que l'on soit jeune et belle, les chaînes d'information, les émissions qui ne voulaient que des jeunes et belles, jamais expertes, non, juste agréables à regarder. Tout était logique, mathématique. La violence était partout dans ma vie, elle se cachait dans les recoins de chaque jour et de chaque nuit. Parfois je m'étais dirigée vers elle pour me dissocier. Et ce choix de la violence que j'avais fait, ce choix que je pris longtemps pour l'expression d'une volonté, ce choix m'avait poussée à conserver le silence, y compris après cette violence-là. Je l'avais tant intégrée que j'avais fini par la nier.

C'était la grève des transports, j'avais treize ans et je rentrais du collège sous la pluie. Un automobiliste me suivait au ralenti. Il s'approcha de moi et me dit : Tu es trop jolie.

Et alors ? aurais-je dû lui répondre. Je ne le connaissais pas ; qu'est-ce que cela pouvait bien me faire qu'il me trouve jolie ? Je n'avais pas la maturité, le recul nécessaire pour me rendre compte des mécanismes à l'œuvre. Je ne savais pas que j'étais flattée parce que les films, les livres, les magazines, les dessins animés, les émissions télévisées, les chansons et les comptines, la famille, les amis, les voisins et les voisines, tous m'avaient savamment inculqué l'idée que ma valeur résidait dans le fait d'être trouvée jolie.

Je lui dis Merci.

Puis il proposa de me déposer à la maison.

Il le fit.

Il y eut d'abord un détour par le parking de la zone industrielle.

Cet événement se reproduisit plusieurs soirs d'affilée. Par bribes il arrivait que je me souvienne de ses mains, grasses, poilues, de sa banquette arrière. De l'odeur de sa sueur, mêlée à celle du tabac. Une odeur écœurante dont mon corps s'imprégna pendant des semaines.

Le temps s'écoula, je crus oublier, mais il s'avère qu'on ne l'oublie pas, le berceau de la violence, on ne l'oublie pas.

On se construit avec.

Épilogue

Au cours des quinze dernières années, je n'ai plus laissé aucun homme tenter de m'approcher.

Après cinq ans, pourtant, poussée par des collègues, j'ai testé les applications de rencontre. Le projet ne m'enthousiasmait guère, mais je parvins à matcher avec quelques-uns. Ils commencèrent à m'écrire, puis très vite la même question revint : quand pourrait-on se rencontrer ? Je coupais court à nos échanges. Ils n'y étaient pour rien, mais je considérais que suffisamment d'hommes avaient traversé ma vie pour ne pas me sentir obligée de les laisser m'encombrer. Je savais bien que je n'étais pas la première à le penser, que cette douleur séculaire se transmettait depuis toujours, de putes en sorcières, aux éternelles célibataires.

Par principe, je continuais, une année entière, à scroller, à matcher. L'on m'écrivait ; l'on proposait de me rencontrer. Je refusai. Je me détournai de l'application, que je finis par désinstaller.

L'on me suggère encore parfois d'essayer avec des femmes, mais ces dernières ne m'intéressent pas davantage ; les rapports charnels ou affectueux ne sont tout simplement pas pour moi. Je n'en éprouve aucun besoin. J'ai eu mes enfants seule, comme on dit, des jumeaux, par procréation médicalement assistée.

Avec eux, l'avenir est lumineux, exalté, ils sont essentiels à ma vie, nécessaires à mon bonheur. Mais le pan affectif, sexuel ou amoureux de l'existence, je sais parfaitement m'en passer.

Pendant près de dix ans, Octave Germanopratin présenta sa candidature à toutes les élections ; il les perdit de manière systématique. Lorsque le Parti cessa de l'investir, il s'installa en Norvège, d'où il poursuit son entreprise littéraire et politique. Je suppose qu'Arnolphe a retrouvé son emploi à la Banque de France. Se souvient-il de moi et nourrit-il à mon égard une quelconque rancœur ? Je l'ignore toujours. À moi, en tout cas, il ne me fait plus peur.

J'ai compris depuis que si, ensemble, avec OGP, ils aspirèrent à exercer le pouvoir, ils ne prirent jamais la peine de comprendre leur pays ; l'argent n'achète pas tout. L'extrême droite doit ses différents échecs à la mise en place d'une coalition, d'un front républicain qui a précipité sa perte. Je me suis engagée en faveur de cette coalition. J'ai combattu l'extrême droite. Je me suis spécialisée dans la protection des victimes de violences sexuelles.

Et quand la ministre déléguée à l'Égalité entre les femmes et les hommes m'a fait l'honneur de me nommer conseillère technique, j'ai réalisé combien je revenais de loin. J'ai pensé à la cité, détruite depuis des années, j'ai pensé à ma mère, et puis à Candice, à Manon, à Esther. Je me suis revue en train de me détruire, de me réparer, et puis de m'accrocher, tout cela n'était pas vain – mes études de droit se sont achevées dans la souffrance. J'étais moins brillante qu'Andrea, mais j'étais vivante, vivante, et personne d'autre que moi ne s'en étonnait.

Dès la publication au *Journal officiel* de mon arrêté de nomination, je reçus de nombreux messages de félicitations. Ceux qui me surprirent le plus provenaient d'Agathe, qui officie comme avocate, et de Victor, son frère, qui travaille dans la fusion-acquisition. Il me demanda de transmettre son CV à un membre du gouvernement.

Avait-il oublié ?

Je ne le transmis évidemment jamais, pas en raison du mal qu'il m'avait fait – depuis le temps, j'en étais remise –, mais de mes profondes convictions. Lorsque j'étais étudiante, Victor avait été investi aux élections législatives par un mouvement d'extrême droite. Celui-là même que j'avais par la suite combattu. Contrairement à lui, j'ai désormais la mémoire tenace.

Quant à ma mère, elle ne dit rien mais je crois qu'elle m'en veut. Elle m'en veut d'avoir voulu m'éloigner d'elle, elle m'en veut d'avoir essayé, de n'y être pas totalement arrivée. Elle m'en veut d'avoir écrit à son sujet, elle m'en veut parce que j'en ai trop dit, ou bien pas assez. Un jour, elle me reprochera d'avoir travesti la vérité, elle ajoutera *Barka matekdbi*, elle me dira que j'ai beaucoup redoublé, mais que le principal, c'est que je sois couronnée de succès : *mabrouk*, sa fille est diplômée. Rien d'autre ne compte. Que je sois juriste ou conseillère de ministre, pour elle, c'est la même chose : une immense fierté.

Esther me manque. Beaucoup trop. Son absence enveloppe jusqu'au souvenir de son rire, lors de notre déjeuner sur les quais, la première fois qu'elle me dit qu'elle les haïssait – les clients. Sa disparition efface la moindre trace de notre engagement : transformer le milieu. Nous avions des rêves d'enfants. Serais-je capable de la reconnaître si je la croisais ? Je n'en suis même pas certaine. Son image reste figée sur Internet, à jamais celle d'une gamine ayant tourné pour Francesco Forguette. Elle n'est présente sur aucun réseau social – à moins qu'elle n'ait changé de nom. Ce sont des choses concevables dans nos situations.

La putosphère a fondé son association ; elle s'est constituée partie civile lors du procès qui a vu condamner le violeur Martinon. Elle poursuit désormais un dessein politique. Je m'en tiens éloignée. Il arrive que certaines de ses nouvelles membres, à commencer par sa présidente et sa porte-parole, réclament un rendez-vous à la ministre auprès de laquelle je suis engagée. Elles défendent leurs propres intérêts. Elles en ont le droit.

En janvier 2023, au bureau, je pleure en lisant un article du journal *Le Monde*, que je reçois chaque matin. Je pleure car pas étonnée, je pleure car je m'en doutais, est-ce que j'aurais pu l'éviter ? Patoche Culbuto est condamné à de la prison ferme, coupable de proxénétisme aggravé sur mineures. Je pense à ces enfantes abusées, à leur juvénile naïveté, je hurle à la lecture de la défense de Patoche, C'est elles qui sont venues me chercher. Je pleure de rage et j'ai froid, mais sur mes tempes perlent de fines gouttes de sueur ; le chauffage bat son plein et moi j'ai froid face à l'horreur. Je rédige une note à l'attention de la ministre sur la protection des mineurs, l'État se doit de sévir contre l'ensemble des prédateurs. De loin, je surveille le petit milieu qui commence à trembler. Djibril vit désormais en Russie, où il s'est spécialisé dans les tournages avec des femmes déguisées en personnages de manga – il y a visiblement un public pour tout, moi je ne regarde pas. Quant à Francesco Forguette, nul ne lui accorde plus aucun crédit. Il m'adresse parfois un SMS, dans lequel il m'invite encore à ses dîners, avec toujours la même blague de cul éculée à propos de la saucisse maison qu'il fabrique lui-même. Quelques heures plus tard, je reçois à chaque fois un second texto – annulation de la soirée, faute de personne disponible. Je ne lui réponds jamais. Ce n'est pas que je le déteste ; je le méprise.

Je découvre un matin qu'il a, pendant la nuit, enregistré un message vocal sur mon répondeur. J'en suis la première étonnée ; nous n'avons plus échangé depuis que j'ai cessé de tourner pour lui. J'écoute son flot de paroles incohérentes, il y est question de procès, de justice, il voudrait que ma ministre intervienne en sa faveur – qu'il aille se faire foutre.

Si j'ai entrepris la rédaction de ces pages, c'est parce qu'à l'aune des nouvelles technologies, la probabilité de nous voir dépossédées de notre histoire s'accentue. Les moteurs de recherche utilisent désormais la reconnaissance faciale. À partir de n'importe quelle photo d'un individu – une photo de CV, une photo de jeunesse –, il est possible de retrouver toutes les autres images de cette personne existant sur le Net, y compris à vingt ou trente ans d'écart. Le droit à l'oubli n'est qu'un concept ; la vie privée, les femmes comme moi en sont exclues. Nos portraits sont reproduits à l'infini, sur des centaines de milliers de sites, dans toutes les langues. Le propriétaire des droits, Francesco Forguette, ne met rien en œuvre pour faire disparaître du Net les copies illégales. J'ai essayé un temps de formuler des demandes à sa place. Impossible : je n'y suis pas autorisée. Il est le seul titulaire de ce droit qu'il refuse d'utiliser. Nos images demeureront en ligne. Nous devons vivre avec ça.

Lorsqu'un corbeau anonyme transmit mon pédigrée au directeur de cabinet, ce dernier, horrifié, s'empressa d'en informer la ministre, ne valait-il pas mieux se séparer de moi ?

Mon engagement à ses côtés ne valait donc rien, et ma présence au cabinet ne tenait qu'à cela : pas à mon travail ou à ma loyauté, mais au fait que j'aie été jeune, vulnérable et manipulée. Et cette boule dans le larynx qui, tout le jour, m'empêcha de déglutir, cette insoutenable attente avant de savoir ce qu'il adviendrait de mon cas, je la vécus comme une injustice, une agression supplémentaire. Mais la ministre refusa de me renvoyer. Elle me convoqua, avec son directeur de cabinet, Rapidement, j'ai pas le temps, puis à son attention elle déclara : Lila a toute ma confiance. Elle est à sa place. Et beaucoup plus méritante que toi.

Je mesure ma chance. Je sais que d'autres ne l'ont pas.

Andrea est magistrate. Nous sommes toutes les deux très occupées, mais l'on se voit de temps en temps. Dans sa résidence secondaire, je prépare à présent un gâteau pour l'anniversaire de nos enfants, sa fille et mes deux fils. Je me tiens debout face au plan de travail, un thermomètre à la main, pour m'assurer que la cuisson du sucre se passe bien – en matière de pâtisserie, tout est affaire de précision. À ma gauche, une large fenêtre donne sur le jardin. De la verdure à perte de vue, parsemée de fleurs roses, violettes et bleues, des lilas, des colchiques et des hortensias. Andrea est assise en tailleur par terre, les pieds nus, à l'ombre du grand pommier. Comme le soleil tape fort, elle demande aux enfants de ne pas s'exposer. Ils n'écoutent pas. Ils jouent à chat et courent en plein cagnard. Mon amie leur répète de mettre de la crème solaire et de porter une casquette. En vain. Dans un coin, il y a des citronniers dont l'odeur se répand jusqu'à moi. Un papillon virevolte face à la fenêtre. Je ferme les yeux. Je suis bien. Ce bonheur, je l'ai construit. C'est le mien.

Je remercie évidemment mes éditrices Stéphanie Ricordel et Frédérique Le Romancer, pour leur confiance et leur implication.

Un merci particulier à Suzanne Azmayesh, première lectrice et amie fidèle, qui m'a poussée dans mes retranchements, encouragée à toujours travailler davantage, incitée à ne jamais me satisfaire de la facilité. À nos heures de discussions littéraires à propos d'une rime, d'un synonyme ou d'une virgule mal placée. Merci à Mona Messine et à Hanna Anthony, car leur soutien me fut essentiel, ainsi qu'à Maïlys et à Denis Gombert pour leurs conseils avisés.

Merci à Valentin Vauchelles, à Thomas Vivien, à Morgane Carmona, parce qu'ils se sont démenés pour ce texte.

Un grand merci à Ovidie, parce qu'elle a montré que c'était possible.

Également dans la collection « Aparté »

***On noie bien les petits chats*, Françoise Guérin**

Un thriller psychologique oppressant
Prix des lecteurs du Gujan Thrillers Festival 2022

Quand elle reprend conscience à la maternité, Betty ne se souvient pas des circonstances dramatiques de son accouchement. Elle ne comprend pas pourquoi son mari reste injoignable. Elle découvre avec effroi que son bébé a été baptisé Noé et qu'un inconnu rôde autour de lui. Elle se débat, impuissante à le confondre. Mais peut-elle se faire entendre alors qu'on la prétend folle ?
Accueillie au sein de l'unité mère-bébé par un psychiatre peu conventionnel, soutenue par une équipe de choc, Betty va renouer, peu à peu, avec sa mémoire confisquée.

***La vie dissimulée*, Marinca Villanova**

Comment s'émanciper, lorsqu'une vie pèse sur nos épaules ?

Et brusquement, le monde rassurant s'écroule. Le père de Nina part, son frère s'endurcit, sa mère se met au lit. Elles vont désormais rester toutes les deux. Nina guette les infimes variations de la présence de sa mère, dans le souffle de sa respiration ensommeillée, dans les silences de sa mélancolie. L'étau se resserre, les instants de joie hors de la maison sont des moments volés. L'enfant le sait, sa mère est devenue incapable de survivre sans elle. Personne ne doit deviner ce qui leur manque.
Parfois, lorsque Nina est seule, l'odeur de la forêt revient. Celle de bois pourri, de fougère et de mousse trempée.

***La bête en elles*, Camille Lysière**

Un roman choral saisissant, qui sonne terriblement juste

Le bac en poche, Marie quitte sa province pour prendre un job d'été à Paris. Olivier, l'ami de son père qui l'héberge avec sa femme, se montre d'abord distant avec elle. Puis il finit par lui prêter attention, au point de s'inviter dans sa chambre. Marie se débat, mais cela ne suffit pas. Aurait-elle séduit Olivier sans le vouloir ? Alors elle se tait. Elle étouffe sa honte et sa douleur qui font grossir la bête en elle.
Marie n'est pas seule. Elle vit en 2009 ce que d'autres jeunes femmes de 17 ans ont vécu en un autre temps. Traversant les époques, ce roman nous donne à lire la même histoire : le tragique et l'arbitraire du viol qui vient briser les destins.

***L'affaire Margot*, Sanaë Lemoine**

Un roman d'apprentissage captivant et sensible sur le passage à l'âge adulte

---

Août à Paris, sa chaleur écrasante. Margot Louve vient d'avoir 17 ans. Elle est brillante et tous les possibles s'ouvriront à elle bientôt. Mais pour le moment, sa vie lui paraît étriquée. Pire, elle se sent invisible. Dans l'ombre d'une mère, actrice de théâtre en vue cultivant avec elle une distance délibérée et qu'elle rêverait de pouvoir appeler Maman. Fille d'un père dont on ne parle pas, parce qu'il a une autre vie, légitime celle-là. Alors Margot décide de faire craquer les coutures de son monde, de prendre la lumière à son tour. À ce journaliste puissant et respecté qui semble s'intéresser à elle vraiment, elle révèle le secret de sa famille.

Les cœurs imparfaits, **Gaëlle Pingault**

Des personnages fragiles, qui se rencontrent pour mieux vivre
Prix Merlieux des bibliothèques 2020

Barbara est seule. Sa solitude a des allures de refuge, pour tenir une mère imprévisible à distance. Quand le médecin de l'EHPAD « Les Genêts » la convoque, ce passé qu'elle fuit la rattrape. Médecin en fin de carrière, Charles s'ennuie. Coincé dans sa vie, après des choix par défaut. L'intransigeance de Barbara le contraint à faire face à ses propres petites lâchetés. Lise est aide-soignante. Elle s'impose une discipline rigoureuse, tente d'offrir aux résidents des Genêts des moments de partage arrachés à la cadence minutée des soins. Mais pour combien de temps ?
Barbara, Charles, et Lise… Dans l'histoire de chacun, des empêchements sont venus enrayer la possibilité d'aimer librement. Autour de Rose, la mère absente, ces cœurs imparfaits se rencontrent et inaugurent des voies possibles de consolation.

Les dévorantes, **Marinca Villanova**

Des relations mères-filles sur trois générations, unies par le désamour

---

Emma, Angèle, Karine. Trois filles, trois mères, trois générations.
De l'une à l'autre, les composantes de la maternité se transmettent dans une haine calfeutrée, mais agissante. L'absence d'amour prend toute la place, se tisse dans le quotidien de l'enfance et s'installe, implacablement, résonnant jusque dans les relations amoureuses ou amicales. Les mères refusent leurs filles, et ce rejet inaugural, loin de les séparer, les lie solidement en une longue chaîne qui traverse le temps.
Comment cesser d'être dévorée ? Comment cesser d'être une dévorante ?

***Dites-moi des choses tendres*, Cécile Hennerolles**

La diversité des itinéraires amoureux, entre blessures et coups de foudre

---

Un couple de quarantenaires qui bat de l'aile ; une amitié fondée sur une blessure commune ; une femme libre et désabusée ; des grands-parents amoureux depuis cinquante ans ; le premier amour d'un enfant.
Ces cinq trajectoires s'entrecroisent et se confrontent, chacune à leur manière, à la fulgurance de l'amour. Comment fait-on finalement pour aimer ? Comment fait-on pour se dire je t'aime ? Mais aussi pour dire je ne t'aime plus ? Comment fait-on pour se relever après avoir mordu la poussière ? Comment fait-on pour que ça reste beau malgré tout ?

Merci d'avoir choisi ce livre Eyrolles.
Nous espérons que sa lecture vous a intéressé(e) et inspiré(e).

Nous serions ravis de rester en contact avec vous et de pouvoir vous proposer d'autres idées de livres à découvrir, des nouveautés, des conseils, des événements avec nos auteurs ou des jeux-concours.

Intéressé(e) ? Inscrivez-vous à notre lettre d'information.

Pour cela, rendez-vous à l'adresse go.eyrolles.com/newsletter ou flashez ce QR code (votre adresse électronique sera à l'usage unique des Éditions Eyrolles pour vous envoyer les informations demandées) :

Vous êtes présent(e) sur les réseaux sociaux ?
Rejoignez-nous pour suivre d'encore plus près nos actualités :

Eyrolles Bien-être

Eyrolles_romans

Merci pour votre confiance.
L'équipe Eyrolles

IMPRIM'VERT®

PEFC™
10-31-2541
Certifié PEFC
Ce produit est issu de forêts gérées durablement et de sources contrôlées
www.pefc-france.org

Achevé d'imprimer en janvier 2023
Imprimé en France par Normandie Roto Impression s.a.s.
N° d'impression : 2206419
Dépôt légal : janvier 2023

Cet ouvrage est imprimé sur du papier Munken Premium Cream 80 g main 1,3.